高职高专计算机系列规划教材

全国高职高专计算机立体化系列规划教材

U0140785

Photoshop 案例教程

主　编　沈道云　杨　庆　邹新裕

北京大学出版社
PEKING UNIVERSITY PRESS

内 容 简 介

本书内容分为 Photoshop CS4 基础运用，选区的制作与图像的编辑，绘画与修饰，图像的色调与色彩调整，图层与蒙版，文字和路径，滤镜的应用，网页图像的编辑，通道、动作及任务自动化，综合案例等 10 个部分。本书将 Photoshop CS4 软件的基本功能和使用方法融入具体的实例中，学习者可以边学边练，既能掌握软件功能，又能快速进入实际操作。本书将理论知识与实践操作紧密结合，更易为学习者掌握。

本书内容实用，教与学形式轻松，实例精彩，可操作性强，较好地做到了理论与实践的统一，内容与形式的一致。本书可作为高职高专院校及中等职业院校计算机专业教材，也可以作为平面制作人员与电脑爱好者的参考用书。

图书在版编目(CIP)数据

Photoshop 案例教程/沈道云，杨庆，邹新裕主编. —北京：北京大学出版社，2010.6
(全国高职高专计算机立体化系列规划教材)
ISBN 978-7-301-17136-3

Ⅰ.① P…　Ⅱ.①沈…②杨…③邹…　Ⅲ.①图形软件，Photoshop CS4—高等学校：技术学校—教材
Ⅳ.①TP391.41

中国版本图书馆 CIP 数据核字(2010)第 072691 号

书　　　名：Photoshop 案例教程
著作责任者：沈道云　杨　庆　邹新裕　主编
策 划 编 辑：刘国明　赖　青
责 任 编 辑：李娉婷
标 准 书 号：ISBN 978-7-301-17136-3/TP · 1104
出　版　者：北京大学出版社
地　　　址：北京市海淀区成府路 205 号　 100871
网　　　址：http://www.pup.cn　http://www.pup6.com
电　　　话：邮购部 62752015　发行部 62750672　编辑部 62750667　出版部 62754962
电 子 邮 箱：pup_6@163.com
印　刷　者：北京大学印刷厂
发　行　者：北京大学出版社
经　销　者：新华书店
　　　　　　787mm×1092mm　　16 开本　 14.25 印张　 327 千字
　　　　　　2010 年 6 月第 1 版　 2010 年 6 月第 1 次印刷
定　　　价：25.00 元

前　　言

本书根据编者多年的教学经验和学生的实际情况，基于 Photoshop CS4 软件平台编写而成，精心挑选了 43 个案例进行详细讲解，再通过配套的练习来巩固所学内容。本书将知识点融入具体的案例中，同时辅以具体的视频课件、电子教案。学习者可以在做中学、做中练，在具体的操作中消化、领悟、掌握理论知识。教师可以节省大量的课前准备、个别辅导时间，可将更多的精力用于教学效果的提高上，达到教与学的双赢。

本书内容分为 Photoshop CS4 基础运用，选区的制作与图像的编辑，绘画与修饰，图像的色调与色彩调整，图层与蒙版，文字和路径，滤镜的应用，网页图像的编辑，通道、动作及任务自动化，综合案例等 10 个部分。本书将 Photoshop CS4 软件的基本功能和使用方法融入具体的实例中，学习者可以边学边练，既能掌握软件功能，又能快速进入实际操作。本书将理论知识与实践操作紧密结合，更易为学习者掌握。

本书内容实用，教与学形式轻松，实例精彩，可操作性强，较好地做到了理论与实践的统一，内容与形式的一致。本书可作为高职高专院校及中等职业院校计算机专业教材，也可以作为平面制作人员与电脑爱好者的参考用书。

本书以 Photoshop CS4 为教学软件，通过具体的案例让学习者掌握软件功能，熟悉操作要领，快速地驾驭软件，最终达到熟练使用软件进行创作的目的。本书吸取了国内外同类图书的编写经验，构思独特，其主要特色如下。

(1) 针对性强，切合实际职业教育目标，重点培养职业能力，侧重岗位操作能力的培养。

(2) 实用性强，大量经典的真实案例，内容具体详细，与职业市场紧密结合。

(3) 适应性强，适合于两年制或三年制高职高专院校学生，也同样适合于其他各类大中专院校学生，各类平面设计爱好者。

(4) 强调知识的渐进性，兼顾知识的系统性，针对高职高专和中等职业院校学生的知识结构特点安排教学内容。

(5) 本书教学资源全面，完全适合自学与教学。本书提供完整的多媒体视频教学课件，网上提供完备的电子教案、对应素材。

本书由广东省工业高级技工学校沈道云、杨庆，广东省南方高级技工学校邹新裕担任主编。第 2、8、9、10 章及附录由沈道云编写；第 1、3、4 章由杨庆编写；第 5、6、7 章由邹新裕编写。

由于编者水平有限，加之编写时间仓促，书中疏漏之处在所难免，恳请广大读者批评指正。

编　者

2010 年 3 月

目　　录

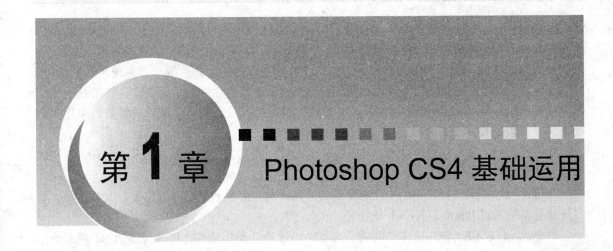

第1章　Photoshop CS4 基础运用

技能点

1. 认识和设置适合的 Photoshop CS4 工作界面
2. 文件的新建、打开、存储、关闭
3. 图像显示的调整
4. 前景色/背景色的设置、图像的恢复操作及辅助工具的使用
5. 认识图层

说　明

本章主要通过 5 个案例来介绍 Photoshop CS4 工作界面，如何运用 Photoshop CS4 新建、打开、存储、关闭图像，如何对图像进行显示调整、放大或缩小图像、移动显示区域，如何设置前景色/背景色、恢复图像及辅助线、标尺等工具的使用及认识图层。重点要掌握 Photoshop CS4 的基础操作，为进一步的学习打下良好的基础。

　　Photoshop CS4 是目前 Adobe 公司发行的图形图像处理软件的最新版本。Photoshop 在图形图像处理方面一直保持着业界领先的地位，每一次新版本的面世都给使用者带来很大惊喜，操作界面的人性化，操作功能的细致性、易用性，应用范围的广泛性等一直为使用者所认可。

　　在数码照片处理方面：随着数码相机的越来越普及，数码照片的后期制作也越来越被人们所关注和应用。Photoshop CS4 拥有强大的专业的数码照片处理能力，可以进行数码照片的瑕疵修饰、色彩调整、照片合成、特效制作等操作。

　　在手绘方面：强大的绘图功能，可以根据个人爱好或需要绘制出逼真的卡通漫画、人物造型、游戏场景、产品效果图等。

　　在设计制作方面：日常生活中，所见到的产品商标、产品包装、宣传海报、服装设计、网页设计等都能通过 Photoshop CS4 来完成。

　　对 Photoshop CS4 软件工作界面的学习有助于读者熟悉该软件。Photoshop CS4 基本操作的章节让读者掌握在具体操作中的常用工具使用及参数设置。图像的颜色模式与文件格式章节的学习，让读者避免在以后的实际运用中出现颜色模式不对、文件格式错误的问题。图层知识点的章节让读者初步了解 Photoshop CS4 软件中一个非常重要的组成部分——图层。

1.1　认识和设置适合的 Photoshop CS4 工作界面

1.1.1　案例效果

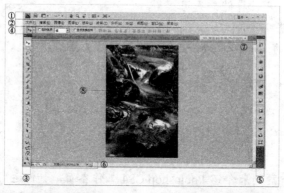

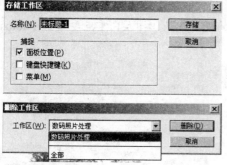

1.1.2　案例目的

　　通过该案例的学习，读者能够熟悉 Photoshop CS4 的工作界面，并能够在使用需要时，对工作界面进行针对性的调整。

1.1.3　案例分析

本案例主要介绍 Photoshop CS4 的启动和关闭、工作界面的组成及用途、工作界面的调整及储存。该案例内容较为简单，非常适合初学者对 Photoshop CS4 工作界面进行了解，为进一步的学习打下基础。基本步骤为：第 1 步启动和关闭 Photoshop CS4；第 2 步 Photoshop CS4 工作界面介绍；第 3 步 Photoshop CS4 工作界面的调整和存储。

1.1.4　技术实训

1. 启动和关闭 Photoshop CS4

1) 启动 Photoshop CS4

在安装有 Photoshop CS4 的电脑中，在桌面上双击带有 的图标或者执行【开始】→【所有程序】→ 命令，都可以运行 Photoshop CS4。

2) 关闭 Photoshop CS4

单击 Photoshop CS4 程序窗口右上角的 按钮，在 Photoshop CS4 程序窗口中执行【文件】→【退出】命令；单击 Photoshop CS4 程序窗口左上角的 图标后在弹出的下拉菜单中执行 命令；以上任一方法均可退出 Photoshop CS4。

2. Photoshop CS4 工作界面介绍

Photoshop CS4 相对于之前版本，操作界面风格变化不大，比较方便使用过 Photoshop CS4 之前版本的用户快速适应。变化的方面：在菜单栏上方加入一排常用工具(在宽屏显示器上最大化会与菜单栏显示在同一行，显示在菜单栏的右边)；使用标签的方式显示图片文件名，方便用户快速使用和选择图片。

启动 Photoshop CS4 后，执行【文件】→【打开】命令，在对话框中找到图片打开，如图 1.1 所示。

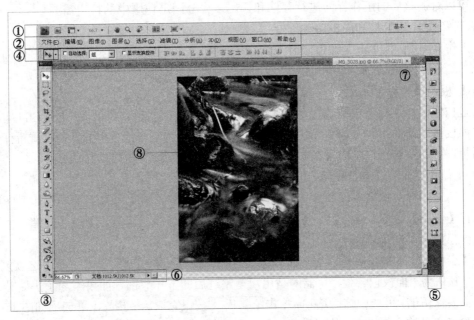

图 1.1

(1) 图标①是常用工具栏，是 Photoshop CS4 新增的工具条，显示的图标是一些使用频率很高的工具，通过鼠标单击快速切换到其使用状态。分别为启动 Bridge、查看额外内容、缩放级别、抓手工具、缩放工具、旋转视图工具、排列文档、屏幕模式、工具区的名称。

(2) 图标②是主菜单栏，与一般使用的软件大致相同，Photoshop CS4 将其大部分的功能、命令按类别放置在 11 个菜单当中。只要单击任一菜单，即会弹出下拉菜单，要打开其他菜单，鼠标移动到该菜单即可打开，或者通过方向键左右也可做到，上下键可将选择移动到下拉菜单中的某一功能选项中。

(3) 图标③、④是工具箱与工具属性栏，默认状态下，工具箱放置在工作界面的左侧，工具属性栏放置在主菜单的下方位置，可通过按住鼠标左键进行拖动移动其位置。工具箱包含了 70 多种工具，供用户快速选择使用。大致可分成选区工具、绘画工具、修饰工具、3D 工具(Photoshop CS4 新增功能)、颜色设置工具以及快速蒙版工具等。在选择某一工具后，会在菜单栏下方的工具属性栏中出现其相应的功能设置，可以进行精确的参数或功能设置。

(4) 图标⑤是面板，默认位置位于工作界面右侧，主要功能有观察图像信息、选择设置颜色、历史记录、动作、图像调整编辑、图层管理以及 3D 设置等。其中，图像调整面板和 3D 设置为 Photoshop CS4 新增的面板。

(5) 图标⑥是状态栏，位于打开图像窗口的底部，主要显示当前图像的相关状态参数，以便用户及时理解当前图像状态。

(6) 图标⑦是标签栏，使用标签组的形式显示打开的图像文件，是 Photoshop CS4 新增的功能。在图像文件名称之后有图像格式、当前缩放比例、色彩模式以及通道位数等图像信息，方便用户观察。

(7) 图标⑧是指当前打开查看或编辑的图像。

3. Photoshop CS4 工作界面的调整和存储

在 Photoshop CS4 里，用户可以根据自己的工作习惯或图像处理的需要进行工作界面的调整，还可以对调整后的工作界面进行存储和调用，充分满足使用中的特定需要。

1) 隐藏/显示工具箱和面板

在工作界面中，按 Tab 键即可隐藏工具箱和面板，若按 Tab+Shift 组合键则只隐藏面板而保留显示工具箱。在隐藏了工具箱和面板之后，按 Tab+Shift 组合键则只显示面板而不显示工具箱。

2) 面板的组合设置

通过按住鼠标左键不放拖动，可对各个面板的位置进行面整。在 Photoshop CS4 中，默认设置将面板按功能的不同分组，可以选择关闭某一个面板或整个组的面板。若需重新打开被关闭的面板，可在主菜单栏中的【窗口】菜单的下拉菜单中选择相对应的面板。

3) 工作区界面的存储及删除

对当前工作界面按需要调整完毕之后，如若以后经常会使用，可将当前的工作界面进行存储。执行【窗口】→【工作区】→【存储工作区】命令或者执行【基本】→【存储工作区】命令，会弹出如图 1.2 所示的对话框。

在【名称】文本框里可输入存储工作区名称，方便查找和管理；在【捕捉】选项区域有 3 个选择，默认为"面板位置"，存储的是用户调整过后的工作界面，如果添加了快捷键或调整了菜单需要保留的，可选中这些选项；单击 存储 按钮完成。各参数设置选项如图 1.3 所示。若需删除自定义的工作界面，执行【窗口】→【工作区】→【删除工作区】命令或执行【基本】

→【删除工作区】命令,打开如图 1.4 所示的对话框,选择"数码照片处理"工作区,单击 删除(D) 按钮完成。

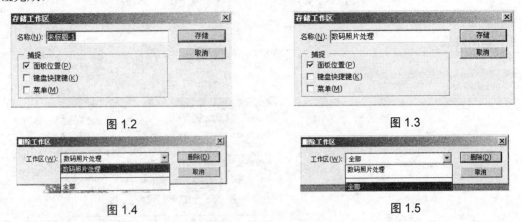

图 1.2　　　　　　　　　　　　　　　　　　　　　图 1.3

图 1.4　　　　　　　　　　　　　　　　　　　　　图 1.5

提示:如果该工作区当前正在使用,则无法进行删除; Photoshop CS4 默认的工作区是不能被删除的; 图 1.5 所示的"全部"指的是所有用户自定义的工作区。

1.1.5　案例小结

通过本案例的学习,可以了解 Photoshop CS4 的工作界面,为下一步的学习打下基础;掌握 Photoshop CS4 的工作界面的调整及存储,可以让读者在实际使用中建立适合自己使用习惯的工作界面。

1.1.6　举一反三

新建如图 1.6 所示的绘画工作区。

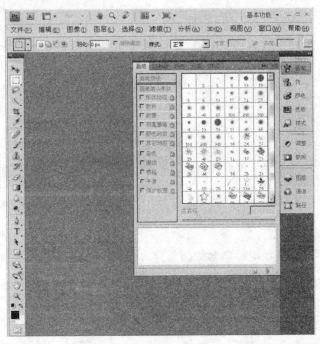

图 1.6

1.2 文件的新建、打开、存储、关闭

1.2.1 案例效果

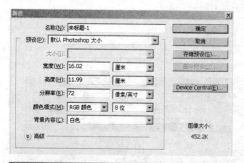
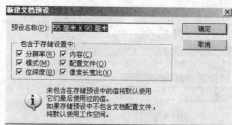

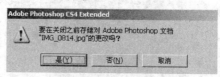

1.2.2 案例目的

通过该案例的学习，读者能够学会如何新建、打开、存储和关闭文件。

在本案例中，会穿插学习图像分辨率、位图与矢量图、颜色模式、文件格式等涉及的知识点。

1.2.3　案例分析

本案例主要介绍如何新建、打开、存储和关闭文件。该案例比较简单，步骤大致是：第 1 步新建文件；第 2 步打开文件；第 3 步存储文件；第 4 步关闭文件。

1.2.4　技术实训

1．新建文件

启动 Photoshop CS4 后，在窗口中是没有任何图像显示的。如果需要新建一个文件进行编辑处理，可按照以下步骤来执行。以新建一个名为"名片"的文件为例。

(1) 执行【文件】→【新建】命令或者按 Ctrl+N 组合键，打开【新建】对话框，如图 1.7 所示。

(2) 在【新建】对话框中进行参数设置。【名称】栏可输入新建文件的名称。在【预设】栏中可选择一些常用类型的设置，如国际标准纸张、照片、Web 等，如图 1.8 所示；选择类型后，可在【大小】栏中选择常用尺寸，如图 1.9 所示；单击 确定 按钮即可完成新建的文件，其他参数不用进行设置。

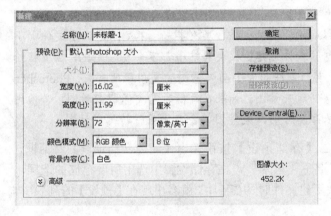

图 1.7

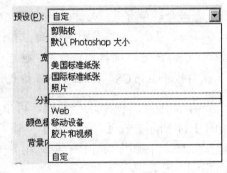

图 1.8

(3) 自定各种参数的设置及相关知识点，自定参数设置部分如图 1.10 所示。

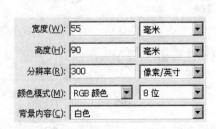

图 1.9

图 1.10

提示:

【宽度】和【高度】是设置图像的长宽,初学者容易忽略的是其后面的尺寸单位的设置。经常使用的尺寸单位为像素、英寸、厘米、毫米。如果尺寸单位设置错误,会造成新建的图形与实际需要图形尺寸相差巨大,会出现诸如操作中电脑运行速度缓慢、假死或是编辑好的图形文件无法实际应用的情况。如一般常用名片的尺寸为 55 毫米×90 毫米,如初学者只输入前面的数值而忽略后面的尺寸单位,不是毫米而是英寸,那将会得到一个实际大小为 1397 毫米×2286 毫米的名片,如果是像素,那么实际得到的是 19.4 毫米×31.66 毫米的名片。

分辨率:一般默认使用的是像素／英寸,分辨率要根据实际需要来设置。用于显示器显示,设置参数一般为 72 像素／英寸或 96 像素／英寸;用于喷绘写真设置参数一般为 50 像素／英寸或 72 像素／英寸(如果图像尺寸过大,这个分辨率还可以降低一些);用于印刷分辨率需 300 像素／英寸或者更高。分辨率的大小会影响到图像文件的大小。

ppi 和 dpi: ppi 是像素／英寸的英文缩写,dpi 是每英寸点的英文缩写,经常会出现混用。一般来说,用于屏幕显示称为 ppi,用于打印或印刷称为 dpi。

位图与矢量图:准确地说,位图称为图像,矢量图称为图形。位图由色块组成,放大后会变模糊,出现马赛克一样的一块一块色点,而矢量图由数学公式计算的线条和曲线构成,放大不会受到影响;位图色彩细腻、表现力强、层次丰富,不足的是位图文件大小与分辨率有关;矢量图只能通过电脑软件创建,放大和缩小都不会发生变化,在工程绘图、漫画、标志设计等方面占有优势,文件的大小与矢量图的复杂程度有关。Photoshop CS4 既可以编辑处理位图,也可以创建矢量图。如果在存储时需要保留矢量图,必须用 Photoshop CS4 默认的 PSD 格式保存,否则,矢量图将会在保存时转化成位图。

(4) 如果经常使用这个参数,可单击【存储预设】按钮弹出【新建文档预设】对话框,如图 1.11 所示。在【预设名称】中输入名称"名片",在存储设置中选中所要存储的选项,单击 确定 按钮即可完成存储。在下次新建文件时,"名片"就会出现在【预设】的列表中,如图 1.12 所示。

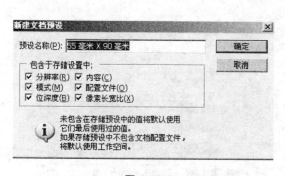

图 1.11

图 1.12

如需删除预设,可选择该项预设,再单击【删除预设】按钮即可。Photoshop CS4 里自带预设是不可删除的。

(5) 颜色模式。

① RGB 颜色模式。光色三原色模式、加色模式，Photoshop CS4 默认的色彩处理模式。R 为红(Red)，G 为绿(Green)，B 为蓝(Blue)，通过这 3 种光色三原色叠加得到其他的色彩，可叠加出 1670 万种色彩。因为日常所使用的显示器、投影仪等显示器材都是通过光来实现的，所以 RGB 颜色模式是最佳的显示模式。

R、G、B 的数值大小从 0 到 255，当 R、G、B 的数值均为 0 时，显示的颜色是黑色；R、G、B 的数值均为 255 时，显示的颜色是白色；当 R、G、B 的数值相等时，显示的颜色是灰色，R、G、B 的数值等值越高，则显示灰色越亮，反之则显示灰色越暗；在 R、G、B 的数值中，哪个数值最高，则显示颜色就偏向哪个色。

② CMYK 颜色模式。印刷模式、减色模式，在做图像输出印刷的时候必须要用到。C 为青(Cyan)，M 为洋红(Magenta)，Y 为黄(Yellow)，K 为黑(Black)。因为黑的英文首个字母 B 已被 RGB 颜色模式中的 B 使用了，所以在这里取的是它的最后一个字母。因为是颜色混合模式，当 C、M、Y 三种颜色混合时，得到不是黑色，而是灰色，所以才有了 B 这个颜色。

CMYK 颜色模式的文件要比相同的 RGB 颜色模式文件占用的存储空间多，还有很多 Photoshop 滤镜是不支持 CMYK 颜色模式的。因此，很多会先用 RGB 颜色模式进行编辑处理，在需要输出印刷的时候转成 CMYK 颜色模式。

③ Lab 颜色模式。Photoshop 内部的颜色模式，因其包含的色彩范围是所有颜色模式中最广的，所以又称为广域色模式。因为色彩范围最广，所以在 Photoshop 中进行颜色模式转换的时候，通常用来作为中间模式。L 代表亮度，a 表示绿色到红色的范围，b 表示蓝色到黄色的范围。

④ HSB 颜色模式。H 为色相(Hue)，S 为饱和度(Saturation)，B 为亮度(Brightness)。通常看到某种物品的颜色时，会说这个物品是黄色的、蓝色的、绿色的、红色的，这个即为色相；说这个物品的颜色是鲜艳，还是比较平淡，这个说的即是颜色的饱和度，饱和度高，颜色鲜艳，反之颜色会显得平淡；说这个物品看起来很暗，或是看起来很亮，这个即为亮度，亮度值越高越亮，反之就越暗。HSB 颜色模式正是基于人们对颜色的心理感受而得到的一种颜色模式。因在选取颜色的时候比较直观，所以该模式通常会在调色的时候用到。

⑤ 灰度模式。图像中没有色彩，只有灰度。图像转成灰度模式后，会去掉所有色彩信息，转而相同等级灰度值代替。彩色图像可以转成灰度图像，而灰度图像是转不成彩色图像的。

⑥ 位图模式。在位图模式下，只有黑白像素的点，所以又叫黑白图像。其他的颜色模式如要转成位图模式，需先转换成灰度模式，再转换成位图模式。

⑦ 双色调模式。选择 1 到 4 种自定的彩色油墨来创建的，可分为单色调、双色调、三色调和四色调。它和位图模式的转换方式一样，必须要先转换成灰度模式。

⑧ 索引颜色模式。转换成索引颜色模式时，最多可使用 256 种颜色，超出的颜色，程序会自动匹配于相近的颜色。图像文件比较小，通常用于网页方面。Photoshop 中多种工具和命令在此模式下是不能使用的。

⑨ 多通道模式。只能支持一个图层，通道数没有固定，通常用于特殊的输出印刷。

2. 打开文件

在学习打开文件之前，先了解一下 Photoshop 中常用的几种图像文件格式。

图像文件格式又称图像的存储方式，存储方式不同，其包含的图像的信息也不同。每一种格式的特点和用途都有所不同。

- PSD 格式：Photoshop 专用文件格式。PSD 格式可以保存图层、通道、路径等信息，一般在图像编辑处理过程中使用，便于修改。以 PSD 格式存储的文件存储容量较大。
- TIFF 格式：应用非常广泛的一种图像格式，采用无损压缩方式，支持大多数图像处理软件和图像输入设备。可以存储包含一个 Alpha 通道的 RGB 颜色、CMYK 颜色和灰度模式的图像，不包含 Alpha 通道的 Lab 颜色、索引颜色和位图模式的图像，在 Lab 颜色、索引颜色和位图模式的图像中还可以设置透明背景。图像存储容量相对较大。
- JPEG 格式：采用具有破坏性的压缩方式得到的图像，存储容量相对较小，比较常用。图像包含信息较少，支持 RGB 颜色、CMYK 颜色、灰度等模式，不支持 Alpha 通道，多用于诸如网页之类对图像精度要求不高的地方。
- GIF 格式：存储不能超过 256 色的 RGB 图像格式，支持透明背景。GIF 格式图像容量较小，可以同时存储多幅图像而形成连续的动画，非常适合网页使用。

下面介绍如何打开文件。

(1) 执行【文件】→【打开】命令或按 Ctrl+O 组合键打开如图 1.13 所示的对话框。在对话框中找到图片所在的路径，如只需打开一幅图像，鼠标单击选中该图像，单击 打开(0) 按钮或按 Enter 键即可打开，直接鼠标双击该图像也可打开。如需选择多幅图像打开，使用鼠标单击空白处拖动的方法，可选择多幅连续的图像；如需选择不连续的图像，可按住 Ctrl 键，鼠标单击所需打开图像即可选中；如需选中按顺序排好的图像中的一部分连续的图像，可按住 Shift 键，鼠标单击首个所需打开的图像，再单击最后一个所需打开的图像，即可将一部分连续的图像选中。

图 1.13

提示：【打开为】命令与【打开】命令的不同之处。使用【打开】命令可打开所有的可支持的图像文件；而【打开为】命令则需指定打开的文件类型，如不是该类型的文件，即使是Photoshop 可打开的图像文件在该情况下都是打不开的。使用【打开为】智能对象命令打开的图像，在图层面板中会出现 标志，当有其他的软件对该图像进行编辑的时候，变化的效果会自动更新到当前文件中，十分方便。执行【文件】→【最近打开文件】命令可看到最近打开的文件。将当前打开的文件夹中的文件直接拖动到 Photoshop CS4 的操作界面上同样也可以打开图像。

(2) 用 "Camera RAW 5" 打开图像。Camera RAW 是 Photoshop CS4 中自带的用来针对RAW(图像原始数据文件)格式文件进行处理的插件。默认情况下，只有打开 RAW 格式文件(本书配套素材 "Ph1/2.CR2")的时候，才会弹出如图 1.14 所示的对话框。

图 1.14

在打开的对话框中，可对打开的图像进行色温、色调、饱和度、明度调整，还可以通过使用画笔工具对一些细节的参数进行调整。RAW 格式是中高档数码相机中常使用的一种存储格式，是一种未经任何处理的原始数据，后期处理的调整余地很大，对图像的破坏性最小。

3. 存储文件

完成图像编辑处理后，需要将处理后的图像存储和关闭。执行【文件】→【存储】命令，或执行【文件】→【存储为】命令打开如图 1.15 所示的【存储为】对话框，单击 保存(S) 按钮即可存储文件。

提示：在存储时应注意：在图像属性未改变的情况下，使用【存储】命令将会覆盖原图像。将图像作为新文件保存使用【存储为】命令。

存储选项：

文件名：可以以原文件名直接命名，也可以更改文件名。如更改文件名存储，将会以一个新的图像文件存储，原来打开编辑处理的图像不变；以原文件名存储则会覆盖原来的图像文件。

作为副本：如选中该项，文件名之后会追加"副本"，作为一个新的图像文件存储。

格式：根据用户的需要，可通过下拉列表的选项进行格式的选择。默认为 PSD 格式。

注释：编辑的图像中如有文字或音频类的注释，则在存储的时候会显示该项可用，选中后可存储注释的文字或音频。(只针对个别格式文件可用。)

Alpha 通道：在存储的图像文件中如包含 Alpha 通道，则该项可用，选中后存储时会包含 Alpha 通道。

专色：文件有专色通道时，该项可用，可存储包含专色通道的图像文件。主要在印刷有专色时使用。

图层：如图像中有图层，选中该项后图层以分层方式存储，不选中该项就会合并图层，同时显示警告符号⚠进行提示。

如打开的图像文件没有文件格式的变化，或是该文件已存储过，则在存储的时候不会出现对话框，直接默认存储并覆盖了。

4. 关闭文件

在标签栏中单击需要关闭图像文件的文件名后的 × 符号，或通过执行【文件】→【关闭】命令即可关闭文件；如需关闭所有打开的图像文件则执行【文件】→【关闭全部】命令。如有图像文件经过编辑处理，而没有进行存储，则会弹出如图 1.16 所示的提示对话框。3 个按钮分别对应的是存储当前关闭图像，不存储当前关闭图像和放弃关闭并返回到工作界面。

图 1.15

图 1.16

1.2.5　案例小结

通过本案例的学习，读者可以对常用设置进行存储预设，学会新建、打开、存储和关闭文件，为下一步的学习打下基础。

1.2.6　举一反三

新建如图 1.17 所示的常用宣传海报尺寸文件并将其存储到预设中。

图 1.17

1.3　图像显示的调整

1.3.1　案例效果

1.3.2 案例目的

通过该案例的学习，读者能够掌握图像显示的调整、放大和缩小图像、移动显示区域的使用，提高工作效率。

1.3.3 案例分析

本案例主要介绍图像显示的调整、放大和缩小图像、移动显示区域的使用。该案例比较简单，步骤大致是：第 1 步打开图像文件；第 2 步图像显示的调整；第 3 步放大和缩小图像；第 4 步移动显示区域。

1.3.4 技术实训

1. 打开图像文件

启动 Photoshop CS4，打开本书配套素材"Ph1/3.jpg"文件，如图 1.18 所示。

2. 图像显示的调整

1) 图像文件的显示

在 Photoshop CS4 中，图像默认是以标签的方式按顺序在标签栏中排列的。

反白的表示当前处理的图像文件，当多个图像不能完全显示的时候，可通过单击标签栏右侧的 ▓▓▓ 按钮，在弹出的下拉菜单中选择需要显示的图像文件的文件名，即可显示该图像。可通过单击常用工具栏中的 ▓▓ 按钮，在其下拉菜单中选择不同的排列方式，如图 1.19 所示，可根据需要进行选择。

图 1.18

图 1.19

2) 屏幕显示模式切换

在使用 Photoshop CS4 进行图像编辑处理时，为了能够有更大的图像显示空间，往往需要隐藏一些暂时不需要使用的显示项，可通过屏幕显示模式切换来完成。

单击常用工具栏 ▓▓ 按钮，在下拉菜单中选择需要的显示模式，或执行【视图】→【屏幕模式】命令，在右边打开的显示模式中选择即可，还可以在英文输入状态下按 F 键来进行不同显示模式的切换。

标准屏幕模式：Photoshop CS4 默认的模式，显示标准的工作界面。

带有菜单栏的全屏模式：隐藏了标签栏和状态栏的全屏显示。

全屏模式：只有当前编辑处理的图像显示，其他全部隐藏。

3. 放大和缩小

单击工具箱中 🔍 按钮；在工具属性栏 🔍 ▾ 🔍🔍 按钮中单击放大 🔍 按钮或缩小 🔍 按钮；也可按住 Alt 键进行放大和缩小的切换。

鼠标单击图像窗口需要放大的区域，即可对该区域进行等比例放大或缩小。如需对图像指定区域放大或缩小，可通过按住鼠标左键不放，在指定区域拖动出一个矩形选区即可，如图 1.20 所示。

在没有选择【放大镜工具】的情况下，可通过按【Ctrl+ +】(放大)组合键或【Ctrl+-】(缩小)组合键来完成放大或缩小。

提示：在放大镜工具属性栏中实际运用要注意如下选项。

缩放所有窗口：选中该项，可将所有打开的图像同时放大或缩小，在两个或两个以上图像做对比的时候可用到。

实际像素：选中该项，可以使打开图像以实际像素在屏幕上显示，方便识别图像的大小。

打印尺寸：选中该项，可看到图像实际打印时细节输出的清晰度，避免打印输出时出现错误。

4. 移动显示区域

(1) 放大图像后，在显示窗口中只能看到其中的一部分，窗口右边和下边会自动出现垂直或水平滚动条。直接拖动垂直或水平滚动条到达显示区域。

(2) 在【导航器】中鼠标拖动 🔺 ▬▬▬ 🔺 中滑块也可放大或缩小，在其预览窗口中可显示放大的区域。在预览窗口中使用鼠标拖动导航器上的红色线框到需要查看区域，如图 1.21 所示。

图 1.20

图 1.21

(3) 选择【工具箱】中【抓手工具】 ✋ ，鼠标在显示窗口中拖动图像，显示需要查看区域。按住空格键可从当前使用的其他工具切换到【抓手工具】，如图 1.22 所示。

(4) 按住 H 键的同时，按住鼠标左键不放，这时显示图像会从放大状态临时切换到适合窗口大小的状态，在显示窗口中会显示矩形框，显示的是在放大状态下显示的区域。这时鼠标拖动矩形框，到需要放大观察的其他区域松开，就会显示该区域的放大图像，如图 1.23 所示。

图 1.22

图 1.23

提示：执行【编辑】→【首选项】→【性能】命令，在打开的对话框中选中【启用OpenGL 绘图】复选框，再重启 Photoshop CS4 即可使用该功能。

1.3.5 案例小结

本案例主要介绍了图像显示的调整、放大和缩小图像、移动显示区域，读者通过该案例的学习，能够在实际运用中快速地对图像进行细节浏览。

1.3.6 举一反三

打开一幅图像，使用以上工具对其进行细节的浏览。

1.4 前景色/背景色的设置、图像的恢复操作及辅助工具的使用

1.4.1 案例效果

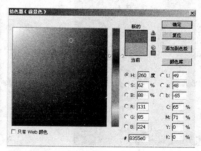

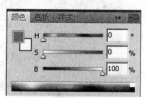

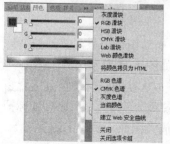

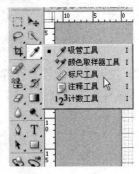

1.4.2 案例目的

通过该案例的学习,读者能够掌握设置前景色和背景色,操作的撤销与恢复,使用【历史记录】面板及历史记录画笔恢复图像,标尺、参考线、网格、标尺工具的使用,提高工作效率。

1.4.3 案例分析

本案例主要介绍设置前景色和背景色、操作的撤销与恢复、使用【历史记录】面板及【历史记录画笔工具】恢复图像、标尺、参考线、网格、标尺工具的使用。该案例比较简单,步骤大致是:第 1 步打开文件;第 2 步设置前景色和背景色;第 3 步操作的撤销与恢复;第 4 步使用【历史记录】面板及历史记录画笔恢复图像;第 5 步标尺、参考线、网格、标尺工具的使用。

1.4.4 技术实训

1. 打开图像文件

启动 Photoshop CS4,打开本书配套素材"Ph1/4.jpg"文件,如图 1.24 所示。

2. 设置前景色和背景色

1) 前景色和背景色

【前景色】和【背景色】显示在工具箱下方位置,如图 1.25 所示。上下方框分别显示的是【前景色】和【背景色】。鼠标单击 按钮可切换【前景色】和【背景色】的颜色,也可直接按 X 键进行切换; 表示将【前景色】和【背景色】还原成默认状态,默认状态下【前景色】

是黑色，【背景色】是白色，也可直接按 D 键还原成默认状态。【前景色】表示当前使用的绘图工具的颜色，【背景色】表示的画面背景的颜色。

图 1.24　　　　　　　　　　　　　　　　　图 1.25

2) 使用【拾色器】设置前景色和背景色

当鼠标单击【前景色】或【背景色】的方框时，在默认状态下均会弹出【拾色器】对话框，如图 1.26 所示。

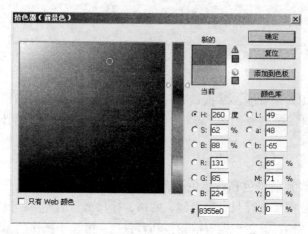

图 1.26

拾色区是通过直观来选取颜色的区域，可单击鼠标在此区域拾取颜色，也可在参数区输入具体的颜色数值拾取颜色。

提示：当打开拾色器后，当鼠标移动到当前图像中时，会自动变成【吸管工具】，可从当前图像中拾取颜色。

拾色器的各项设置如下。

选中【只有 Web 颜色】复选框后在拾色区只会显示能够用于 Web 的颜色；在色谱中可用鼠标单击上下拖动滑块，可以改变拾色区显示的颜色。

【新的】和【当前】是指当前选取的颜色和上次选取的颜色，主要起到一个对比的作用。

● ⚠警告符号表示该颜色已经超出 CMYK 的色域，只能在显示器中显示出来，如用于印刷输出，该颜色将不可用，用鼠标单击该符号，则会自动选择与其相近的颜色。

● 　　符号表示该颜色超出 Web 使用颜色的色域,用鼠标单击该符号会自动选择与其相近的 Web 色。

单击【添加到色板】按钮,弹出【色板名称】对话框,输入设定名称,单击　确定　按钮,可将其存入到色板中,方便以后随时调用。

【颜色库】主要用来做印刷输出的颜色选取,其变化性比较大。一般情况下,不建议使用颜色库进行色彩的选取。

3) 使用【颜色面板】设置颜色

通过【颜色面板】同样可以进行前景色和背景色的设置。如【颜色面板】处于收起状态,可单击面板中的 图标,打开【颜色面板】如图 1.27 所示。

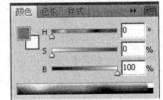

默认为前景色的设置,这时前景色的方框的边是黑色的;鼠标单击下面的方框,则会变为背景色的方框的边是黑色的,表示选择的是背景色。双击其中任何一方框,都会打开【拾色器】对话框进行颜色的选择。

右边的是色彩模式和参数设置,可以拖动滑块进行颜色的选择,也可以在参数框中输入具体的参数来设置。

图 1.27

下方为色谱,当鼠标移动该位置时,会自动变为【吸管工具】 ,单击鼠标可以选择鼠标所在点的颜色。

单击【颜色】面板的 图标,可打开如图 1.28 所示的选项,在该选项框中,可单击鼠标选择对应的选项来改变颜色模式选项和色谱选项。

提示:拾色技巧,通常情况下,多数用户在拾取颜色的时候都是比较模糊的,凭感觉的,拾取的颜色达不到需要的效果。在【颜色】面板里,可以选择 HSB 颜色模式,通过 H 滑块来选择色彩倾向,通过 S 滑块来选择色彩的饱和度,通过 B 滑块来选择色彩的明亮度。因为 HSB 颜色模式是基于人对色彩的心理感受而建立的,所以在该模式下,能够更容易获得需要的颜色。

4) 使用【色板】面板设置颜色

【色板】面板在面板中收起的图标为 ,单击即可打开,【色板】面板如图 1.29 所示。【色板】面板中默认提供的是一些常用颜色,当鼠标移动到【色板】中任一色块单击,会将该色块颜色设置为前景色;按住 Ctrl 键同时单击鼠标,则将该色块设置为背景色;按住 Alt 键,鼠标会变成剪刀状,这时单击该色块,将使该色块从【色板】中删除。

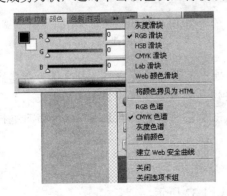

图 1.28

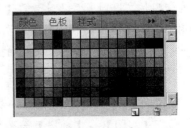

图 1.29

3. 操作的撤销与恢复

在初步学习 Photoshop CS4 软件的用户中，经常会存在这样的情况：打开一幅图，使用各种工具进行尝试性的操作，弄得原图面目全非，因为不知道怎么去返回原图，而将该图像关闭之后再重新打开操作。

执行【编辑】→【还原状态更改】命令，可将当前状态后退一步操作，再次执行，该命令变为【重复状态更改】，返回当前显示；执行多次的撤销，可重复执行【编辑】→【后退一步】命令；如想要恢复到撤销中的某一步，可重复执行【编辑】→【前进一步】命令。

提示：在实际操作中，多会使用其对应的组合键进行操作。

4.【历史记录面板】及【历史记录画笔工具】恢复图像

(1) 打开【历史记录】面板，在【历史记录】面板中可看到对当前图像执行的操作，如图 1.30 所示。单击需要恢复到的步骤，即可还原图像；如需还原到最初图像，单击步骤中的【打开】即可。

提示：在【历史记录】面板中，单击【保存】按钮，可将当前的操作效果以新文件的形式打开；单击【快照】按钮，可在当前图像中为该步骤建立一个快照，方便修改和对比，当该图像关闭后，快照不会保存在图像中；单击【删除】按钮可将包括该步骤在内的后面操作的步骤都进行删除。

(2) 单击工具箱中【历史记录画笔工具】，如图 1.31 所示。在其属性栏中选择合适的画笔及参数，可对图像进行局部的恢复。

图 1.30

图 1.31

提示：在使用该工具时，需要注意在【历史记录】面板中是否有新建快照。当选择为新建快照时，恢复只能到快照所显示的图像；如果需要恢复到原始图像，需将【历史记录】面板中将恢复画笔设置到原始图像的位置。【历史记录艺术画笔工具】还可以对画面进行具有绘画效果的添加。

5. 标尺、参考线、网格、标尺工具的使用

(1) 执行【视图】→【标尺】命令，显示标尺如图 1.32 所示。

图 1.32

(2) 拖动横向或纵向的标尺，即可得到横向或纵向的参考线。

提示：如需删除参考线，鼠标单击参考线拖动到标尺外即可；执行【视图】→【显示】→【参
考线】命令即可隐藏参考线；执行【视图】→【锁定参考线】命令可将参考线锁定，防
止操作失误；执行【视图】→【新建参考线】命令可制作出精确定位的参考线。

(3) 执行【视图】→【显示】→【网格】命令，显示网格如图 1.33 所示。如需隐藏网格，
可再次执行该命令。

图 1.33

提示：网格主要用于辅助定位图像。执行【编辑】→【首选项】→【参考线、网格和切片】命
令，在打开的对话框中可对其颜色及参数进行设置，如图 1.34 所示。

(4) 单击工具箱选择【标尺工具】，如图 1.35 所示。测量两点的长度及相关坐标范围信息，
可按住鼠标从一点拖动到另一测点即可，如图 1.36 所示。测量角度及相关坐标范围信息先画出
一条测量线，释放鼠标后按住 Alt 键，光标移至测量线起始处，出现 光标时，即可再以该

点作一条测量线，得到角度测量线，如图 1.37 所示。在【标尺工具】属性栏中可显示相关信息，单击 [清除] 按钮清除测量。

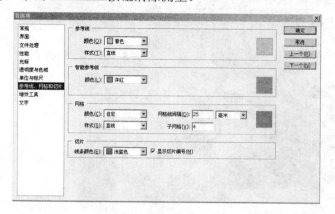

图 1.34

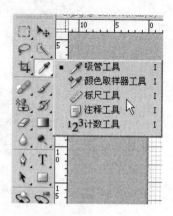

图 1.35

图 1.36

图 1.37

1.4.5 案例小结

本案例主要介绍了设置前景色和背景色，操作的撤销与恢复，使用历史记录调板及历史记录画笔恢复图像，标尺、参考线、网格、标尺工具的使用，读者需要掌握其运用。

1.4.6 举一反三

打开本书配套素材"Ph1/5.jpg"文件，如图 1.38 所示，使用历史记录艺术画笔制作如图 1.39 参考效果。

图 1.38

图 1.39

1.5 认 识 图 层

1.5.1 案例效果

1.5.2 案例目的

通过该案例的学习，读者能够了解图层的特点，图层叠放，显示/隐藏图层。

1.5.3 案例分析

本案例主要介绍图层的特点、图层叠放、显示/隐藏图层的使用。该案例比较简单，步骤大致是：第 1 步打开文件；第 2 步图层特点；第 3 步图层叠放；第 4 步显示/隐藏图层。

1.5.4　技术实训

1.　打开图像文件

启动 Photoshop CS4，打开本书配套素材"Ph1/6.psd"文件，如图 1.40 所示。

2.　图层特点

打开【图层】面板，如图 1.41 所示。在【图层】面板中显示有 3 个图层显示在当前图像中。

图 1.40　　　　　　　　　　　　　　　　图 1.41

3.　图层叠放

将"图层 3"拖动放置到"图层 2"上，显示效果如图 1.42 所示。

4.　显示/隐藏图层

将"图层 2"和"图层 3"左侧的 👁 图标单击关闭，显示效果如图 1.43 所示。

图 1.42　　　　　　　　　　　　　　　　图 1.43

1.5.5　案例小结

本案例主要介绍了图层的特点，图层叠放，显示/隐藏图层。通过学习，读者可以对图层有一个初步的认识。

1.5.6　举一反三

打开本书中图层章节的含有图层的图像文件，并对其进行相关的操作。

第 **2** 章　选区的制作与图像的编辑

 技能点

1. 规则选区的制作
2. 不规则选区的制作
3. 选区的调整
4. 图像的基本编辑
5. 图像的自由变换与变形

 说　明

　　本章主要通过 5 个案例来介绍选区的制作方法以及对图像的相关编辑，要求重点掌握制作选区的工具及相关命令的使用。对于图像的编辑要重点掌握合并复制，贴入，自由变换与变形命令的灵活运用。

在 Photoshop 软件中，进行图像编辑操作时，各种编辑只对当前选定的区域起作用，因此制作选区就显得尤为重要。当对选区内图像作移动、复制、变形、删除等操作时，都不会影响到选区外的部分，犹如对图像的局部区域筑起一道保护的"屏"。因此，建立选区为用户的创作提供了更大的自由度。建立选区的方法有多种，可选工具，也可用命令。

2.1　制作禁止标志

2.1.1　案例效果

2.1.2　案例目的

通过该案例的学习，读者能够掌握规则选区的制作方法，选区的运算方法，填充、取消选区以及自由变换等知识点，学会如何使用 Photoshop CS4 软件制作生活实例——"禁止标志"。

2.1.3　案例分析

本案例主要介绍用两种选框工具制作规则选区的方法。该案例比较简单，大致步骤是：第1步创建新文件；第2步画圆环；第3步填充颜色；第4步取消选区；第5步画矩形条；第6步自由变换；第7步介绍选框工具属性栏。

2.1.4　技术实训

1. 创建新文件

(1) 启动 Photoshop CS4 软件。执行【文件】→【新建】命令，弹出【新建】对话框，具体设置如图 2.1 所示。

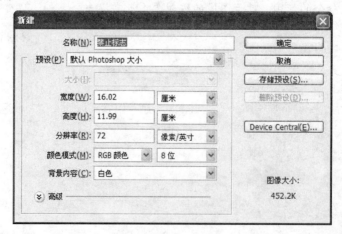

图 2.1

(2) 单击 确定 按钮即可创建一个名为"禁止标志"的新文件。

(3) 执行【视图】→【标尺】命令，在文件窗口中显示标尺。

(4) 使用鼠标在标尺空白处单击拖动，建两条垂直参考线，如图 2.2 所示。

2. 画圆环

(1) 单击【图层】面板的【创建新图层】按钮 即可创建一个新图层。

(2) 使用【椭圆选框工具】 ，按住 Shift+Alt 组合键，用鼠标左键捕捉两条参考线的交点，按住鼠标左键不放手定下圆心进行拖动，绘制一个以交点所在位置为中心点的正圆(注：在放手前先松开鼠标左键，再松开 Shift+Alt 组合键)，如图 2.2 所示。

说明：使用选框工具时，若按住 Shift 键，则可以定义正方形选区或正圆选区；若按住 Alt 键，则可以定义一个以单击点为中心的矩形或椭圆形选区；若按住 Shift+ Alt 组合键，则可以定义一个以单击点为中心的正方形或正圆形选区(具体使用中先释放鼠标按钮，再释放快捷键)。

(3) 单击【椭圆选框工具】属性栏中的【从选区剪去】按钮 ，用上述方法再绘制一个小圆，即可得到一个如图 2.3 所示的空心圆环。

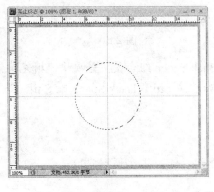

图 2.2

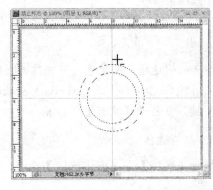

图 2.3

3. 填充颜色

(1) 打开【拾色器】对话框，将前景色设为纯红(R：255，G：0，B：0)，如图 2.4 所示。

提示：用户也可以使用【吸管】工具 ，在【色板】面板中吸取纯红，如图 2.5 所示。

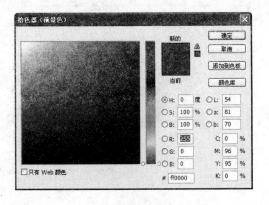

图 2.4

图 2.5

(2) 选择【油漆桶工具】 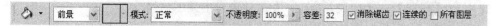 ，【油漆桶工具】属性栏的具体设置如图 2.6 所示。

图 2.6

(3) 将圆环填充为纯红色。或执行【编辑】→【填充】命令，弹出【填充】对话框，选择前景色，如图 2.7 所示，单击 确定 按钮，即可得到一个如图 2.8 所示的纯红色圆环。

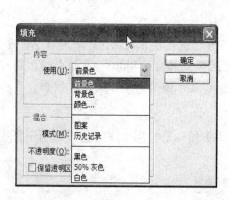

图 2.7

图 2.8

说明： 若要快速填充前景色，可按住 Alt+Del 或 Alt+Back Space 组合键。若要快速填充背景色，可按住 Ctrl+Del 或 Ctrl+Back Space 组合键。如果按 Shift+Back Space 或 Shift+F5 组合键，可打开【填充】对话框。

4. 取消选区

执行【选择】→【取消选区】命令，或按 Ctrl+D 组合键，取消圆环选区。

5. 画矩形条

(1) 使用【矩形选框工具】 ，按住 Alt 键，以水平参考线为矩形的中心线画一矩形，宽度合适即可，如图 2.9 所示。

(2) 按上面填充选区的方法，填充纯红色，取消选区，如图 2.10 所示。

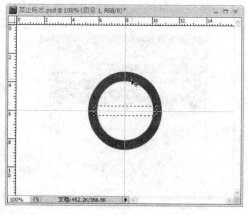

图 2.9

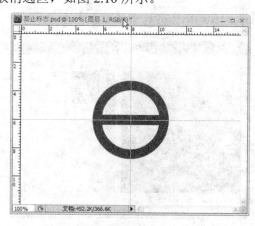

图 2.10

6. 自由变换

执行【编辑】→【自由变换】命令，或按 Ctrl+T 组合键，将属性栏中的旋转角度设为 45°，单击属性栏中的【进行变换】按钮 ✔，即可得到如图 2.11 所示的"禁止图标"图标效果。

图 2.11

7. 选框工具属性栏介绍

选框工具属性栏，如图 2.12 所示。

图 2.12

1) 选区的运算

【新选区】 ▣：主要作用是新建一个选区，在此状态下，鼠标移至选区内部可以对选区进行移动。

【添加到选区】 ▣：主要作用是(在定义选区后，按住 Shift 键来切换)在原有的选区基础上，添加一个新选区，公共部分重叠。

【从选区减去】 ▣：主要作用是(在定义选区后，按住 Alt 键来切换)在原有的选区基础上，减去一个新选区，公共部分减去。

【与选区交叉】 ▣：主要作用是(在定义选区后，按住 Shift+Alt 组合键来切换)在原有的选区基础上，新选区与原选区取相交，得公共部分区域。

各种选区效果，如图 2.13 所示。

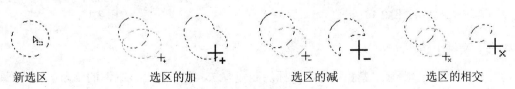

新选区　　　　　　　选区的加　　　　　　　选区的减　　　　　　　选区的相交

图 2.13

2) 选区的羽化

在创建选区前设置选框工具属性栏的羽化参数，可在处理选区时获得边缘柔和的效果，两种效果如图 2.14(羽化值为 0px 后的填充效果)、图 2.15(羽化值为 30px 后的填充效果)所示。

图 2.14

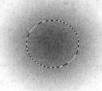

图 2.15

3) 消除锯齿

消除锯齿是通过软化边缘像素与背景像素之间的颜色过渡效果，使选区的锯齿状边缘平滑。一般在作有曲线状的选区中使用，如椭圆、不规则选区等。

4) 样式

单击 样式: 右侧的 下三角按钮，弹出下拉列表，如图 2.16 所示。【正常】选项表示用户可以用鼠标自由拖动新建任意尺寸与比例的选区，【固定比例】或【固定大小】选项表示系统将以设置的宽度和高度比例或大小新建选区。

5) 调整边缘

新建选区后，调整边缘... 按钮被激活。单击 调整边缘... 按钮，弹出如图 2.17 所示对话框。使用该对话框可以设置选区的边缘羽化、对比度、平滑度，调整选区的大小和设置浏览方式。

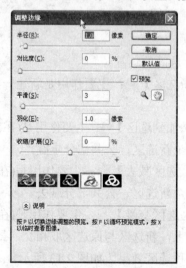

图 2.16

图 2.17

2.1.5 案例小结

本案例主要介绍了"禁止标志"图标的制作方法。读者通过该案例的学习，能熟练掌握规则选区的使用，选框工具属性栏的设置以及填充，自由变换等内容。

2.1.6 举一反三

制作"三色谱",如图 2.18 所示。

图 2.18

提示: 若要调出普通图层的选区,可按住 Ctrl 键后,单击【图层】面板中该图层的缩略图即可。

2.2 制作水果拼盘

2.2.1 案例效果

2.2.2 案例目的

通过该案例的学习,读者能够掌握不规则选区的制作方法,熟悉不规则选区工具的使用以及相关选区命令的使用,并能灵活运用工具、命令抠图。

2.2.3 案例分析

本案例主要介绍不规则选区工具中【魔棒工具】、【快速选择工具】、【磁性套索工具】、【快速蒙版模式】制作选区的方法以及属性栏的有关设置。学会使用选框工具进行巧妙抠图,制作"水果拼盘"。该案例大致步骤是:第 1 步【魔棒工具】抠取杨桃并移入果盘;第 2 步【快速选择工具】抠取柠檬并移入果盘;第 3 步【磁性套索工具】抠取山梨并移入果盘;第 4 步【快速蒙版模式】抠取水蜜桃并移入果盘;第 5 步【魔棒工具】抠取金桔并移入果盘。

2.2.4 技术实训

1.【魔棒工具】抠取杨桃并移入果盘

1)【魔棒工具】及属性栏简介

【魔棒工具】用来选择颜色相近或相同的区域,得到一个不规则选区。它的灵活性很强,使用较为傻瓜，常为初学者青睐。通过它的工具属性栏还可以设置相关参数，配合选择，如图 2.19 所示，各参数的意义如下。

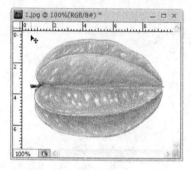

图 2.19

(1) 容差：设置颜色的选取范围的大小，值越小，选取的颜色越接近所选处的颜色。

(2) 连续：选中该复选框，表示只能选择色彩相邻的连续区域，不选中则可以选择图像中所有与所选处色彩相近的区域。

(3) 对所有图层取样：确定是否在所有可见的图层上选取颜色相近的区域，不选中，则只能在当前可见图层上选取相近的区域。

(4) 调整边缘：新建了一个选区后可用来调整选区的相关设置。

2)【魔棒工具】的使用

打开本书配套素材"Ph2/1.jpg"文件，如图 2.20 所示。用【魔棒工具】，按如图 2.19 所示设置，在外围单击选中杨桃外的白色区域，如图 2.21 所示。执行【选择】→【反向】命令或按 Shift+Ctrl+I 组合键选中图中的实体杨桃，如图 2.22 所示。

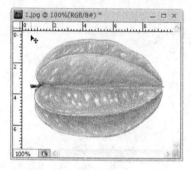
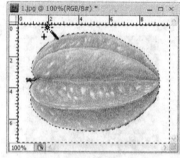

图 2.20　　　　　　　　　图 2.21　　　　　　　　　图 2.22

3) 杨桃移入果盘

打开本书配套素材"Ph2/8.jpg"文件，在工具箱中选择【移动工具】，将选区中的杨桃实体图像移动至"8.jpg"文件中，如图 2.23 所示。

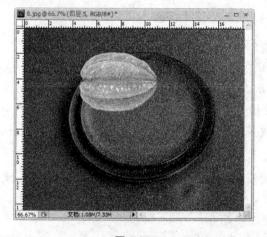

图 2.23

2.【快速选择工具】抠取柠檬并移入果盘

1)【快速选择工具】及属性栏简介

【快速选择工具】是使用类似画笔快速画出选区。在图像中拖动鼠标时，所定义的选区边缘自动查找并向外扩展，工具属性栏如图 2.24 所示。

图 2.24

(1) 选区运算：同前面选框工具属性栏中的功能相似。

(2) 画笔：单击右侧的 下三角按钮，弹出下拉面板，如图 2.25 所示，可通过它进行笔刷的大小、硬度、间距等属性的设置。

(3) 直径：调整笔刷的大小。

(4) 硬度：设置笔刷的边缘柔和程度，值越小，边界越柔和。同画笔柔、硬度设置一样。

(5) 间距：控制绘制选区时，两个笔刷点间的距离。

(6) 角度：设置笔刷的旋转角度。

(7) 圆度：可以改变画笔的长短轴比例。

(8) 自动增强：选中该复选框可以使绘制的选区边缘平滑些。

图 2.25

2)【快速选择工具】的使用

打开本书配套素材 "Ph2/2.jpg" 文件。用【缩放工具】，对要抠选的柠檬进行局部放大，如图 2.26 所示。用【快速选择工具】在柠檬上拖动，如图 2.27 所示。选择属性栏中的【从选区减去】将不要的部分减去，如图 2.28 所示，得到所要的柠檬选区，如图 2.29 所示。为了使边界平滑可以单击【调整边缘】按钮打开【调整边缘】对话框将边缘平滑和羽化，读者可根据情况调整。

图 2.26

图 2.27

图 2.28

图 2.29

3) 柠檬移入果盘

可按上述杨桃的移入方式将柠檬移入果盘中，或者对选区内容执行【编辑】→【拷贝】命令，选择 "8.jpg" 文件，执行【编辑】→【粘贴】命令，用【移动工具】调整位置，如图 2.30 所示。

3.【磁性套索工具】抠取山梨并移入果盘

1) 套索工具及属性栏简介

Photoshop 提供的套索工具有三种：【套索工具】、【多边形套索工具】、【磁性套索工具】。

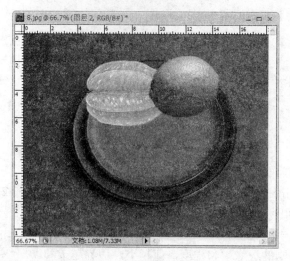

图 2.30

(1)【套索工具】 ：可以自由手绘不规则选区。单击鼠标定位起点，光标移动到任意一位置释放鼠标，系统会自动将起点和终点连接。其属性栏同前面选框工具组属性栏中的功能相似。

(2)【多边形套索工具】 ：可以制作带有直线的不规则选区，方便制作多边形等选区。其属性栏同【套索工具】。

具体操作如下。

打开本书配套素材"Ph2/3.jpg"文件，选择【多边形套索工具】 ，然后将光标移至要选取的图像边缘，单击定义起点，释放鼠标后，沿图像的边缘移动，在需要处再次单击鼠标，如图 2.31 所示，此时一条边线就被定义了。继续移动光标，依此类推，直至选择完整。当光标到达起点时，此时光标呈现为 ，如图 2.32 所示，单击鼠标形成一个封闭的选区，如图 2.33 所示。或者在终点处双击鼠标，系统将自动连结起点与终点。

图 2.31

图 2.32

图 2.33

说明：用【多边形套索工具】 绘制选区时，按住 Shift 键可以按垂直、水平或 45° 角方向定义边线；按住 Del 键可取消最近定位的拐角点；按 Esc 键或按住 Del 键则可以取消所有定位的边线。

（3）【磁性套索工具】：特别适合快速选择与背景对比强烈的图像选区，属性栏如图 2.34 所示。

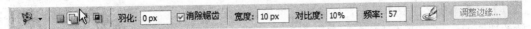

图 2.34

宽度：利用【磁性套索工具】定位边界，系统能自动检测的边缘宽度，值越小，检测的范围越小，定位越精准。

边对比度：设置边缘对比程度，值越大，对比越强，边界定位也就越精准。

频率：设置边界的锚点数，这些锚点起到了定位的作用，值越大，产生的锚点也就越多。

钢笔压力：设置绘图板的笔刷压力，仅安装了绘图板驱动程序后才可用。

2)【磁性套索工具】的使用

打开本书配套素材"Ph2/4.jpg"文件，由于要抠取的山梨边界与背景对比较强烈，可选择【磁性套索工具】如图 2.34 所示设置属性栏，用【磁性套索工具】沿山梨边缘移动如图 2.35 所示，制得选区如图 2.36 所示。如需使边界平滑，可以单击【调整边缘】按钮打开【调整边缘】对话框将边缘平滑和羽化。

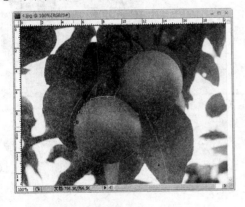

图 2.35

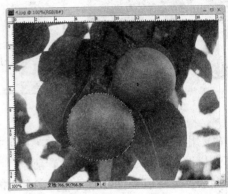

图 2.36

3) 山梨移入果盘

可按上述图像的任一移入方式将山梨移入果盘中，用【移动工具】调整位置，如图 2.37 所示。

图 2.37

4.【快速蒙版模式】抠取水蜜桃并移入果盘

【快速蒙版】是制作选区的另一种非常有效的方法。它可以在非常复杂的环境下使用【画笔工具】、【橡皮擦工具】，配合相应的前景色制作任意选区。当使用其他选区制作工具不能有效的选取时，可使用【快速蒙版模式】进行必要的弥补。

1)【快速蒙版模式】制作选区

(1) 打开本书配套素材 "Ph2/5.jpg" 文件，用【套索工具】 🔿 粗略地框选所要选取的水蜜桃图像，如图 2.38 所示。

(2) 双击工具箱中的【以快速蒙版模式编辑工具】 ⬛ ，打开【快速蒙版选项】对话框，选中【所选区域】单选按钮，如图 2.39 所示。【快速蒙版选项】对话框中的各选项的含义如下。

【被蒙版区域】单选按钮：选中该按钮，蒙版中不显示色彩的部分作为最终选区。

【所选区域】单选按钮：选中该按钮，蒙版中显示色彩的部分作这最终选区。

颜色 ⬛：用于快速蒙版的显示颜色。

【不透明度】：用于快速蒙版的显示颜色的不透明性的值。

(3) 单击【确定】按钮，进入【快速蒙版模式】编辑状态，如图 2.40 所示。

图 2.38

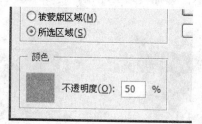
图 2.39

图 2.40

(4) 用【缩放工具】 🔍 局部放大所要抠取的图像部分。用【画笔工具】编辑蒙版区域，其属性栏设置如图 2.41 所示。设置前景色为黑色，在未选到的区域边缘涂抹，增加所选区域。如若多选，可将前景色设为白色，在多选的区域中再次涂抹或直接用橡皮擦擦除多选区域。

图 2.41

(5) 编辑好蒙版区域后，如图 2.42 所示，再次单击工具箱中的【以快速蒙版模式编辑工具】⬛ ，返回标准编辑模式，图像中生成所要水蜜桃的选区，效果如图 2.43 所示。如需使边界平滑，可以单击【调整边缘】按钮打开【调整边缘】对话框将边缘平滑和羽化。

图 2.42

图 2.43

图 2.44

2) 水蜜桃移入盘中

可按上述图像的任一移入方式将水蜜桃移入果盘中，用【移动工具】调整位置，如图 2.44 所示。

5.【魔棒工具】抠取金桔并移入果盘

1)【魔棒工具】抠取金桔

(1) 打开本书配套素材 "Ph2/7.jpg" 文件，用【魔棒工具】，属性栏设置如图 2.45 所示。

图 2.45

(2) 在外围白色区域单击，如图 2.46 所示。

(3) 使用【套索工具】🔍，在属性栏中选择【从选区减去】⬜，将多选的区域框选减去，如图 2.47 所示，得到所要图像之外的选区。执行【选择】→【反向】命令，得到图像的选区，如图 2.48 所示。

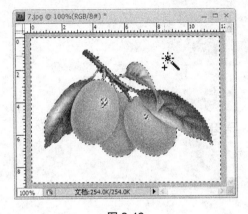

图 2.46

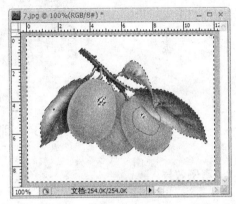

图 2.47

2) 金桔移入盘中

可按上述图像的任一称入方式将金桔移入果盘中，用【移动工具】调整位置，如图 2.49 所示。

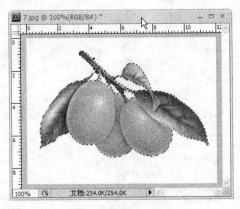

图 2.48

图 2.49

一盘鲜美的"水果拼盘"就制作完成，将文件保存即可。

2.2.5 案例小结

本案例主要介绍了"水果拼盘"的制作方法。读者通过该案例的学习，能熟练掌握不规则选区的使用，属性栏的设置，熟悉不同工具的使用场合并能灵活运用工具抠图。

2.2.6 举一反三

制作"冰爽夏日"拼图，如图 2.50 所示。

图 2.50

2.3 制作产品商标

2.3.1 案例效果

2.3.2 案例目的

通过该案例的学习，读者能够掌握选区调整的几种常用方法，学会如何在制作实例中灵活运用。

2.3.3 案例分析

本案例主要介绍选区的运算、收缩、扩展、填充、描边、存储、载入、变换等命令在具体实例——"'美宝'产品商标"中的运用。该案例大致步骤是：第 1 步创建新文件；第 2 步画圆环；第 3 步制作 3 个扇形图形；第 4 步删除四分之一圆环；第 5 步制作文字效果。

2.3.4 技术实训

1. 创建新文件

(1) 启动 Photoshop CS4 软件，执行【文件】→【新建】命令，弹出【新建】对话框，具体设置如图 2.51 所示。

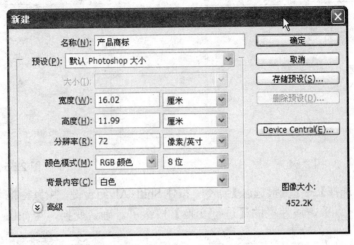

图 2.51

(2) 单击 确定 按钮即可创建一个名为"产品商标"的新文件。

(3) 使用鼠标在标尺空白处单击拖拽，建两条垂直参考线，如图 2.52 所示。

2. 画圆环

(1) 单击【图层】面板的【创建新图层】按钮 即可创建一个新图层。

(2) 使用【椭圆选框工具】，按住 Shift+Alt 组合键，用鼠标左键捕捉两条参考线的交点，按住鼠标左键定下圆心进行拖动，绘制一个以两条参考线的交点所在位置为圆心的正圆，如图 2.52 所示。

(3) 将前景色设为#f7b80e。执行【编辑】→【描边】命令，打开【描边】对话框，如图 2.53 所示设置参数，对选区进行居外描边 8px，得一圆环，如图 2.54 所示。

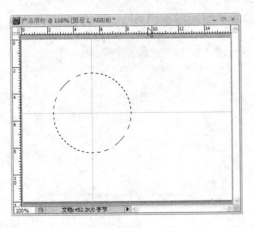

图 2.52

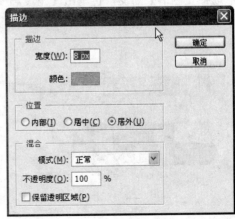

图 2.53

3. 制作 3 个扇形图形

(1) 使用【矩形选框工具】，单击属性栏中的【从选区剪去】按钮，将左边和下边选区减去，在右上角得一扇形选区，如图 2.55 所示。

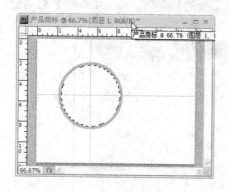

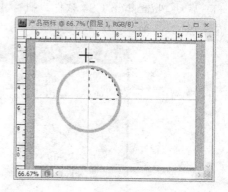

图 2.54　　　　　　　　　　　图 2.55

(2) 执行【选择】→【变换选区】命令，按住 Shift+Alt 组合键，用鼠标拖动控制柄，如图 2.56 所示，缩小选区。单击属性栏的【进行变换】按钮，确认变换，得如图 2.57 所示选区。

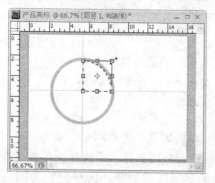

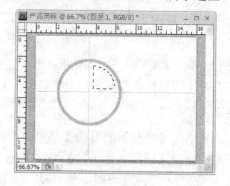

图 2.56　　　　　　　　　　　图 2.57

(3) 选择【渐变工具】，单击属性栏中的　　　　图标，在打开的【渐变编辑器】对话框中选择【色谱】渐变，再单击【角度渐变】按钮，如图 2.58 所示。将光标移至选区内，并从选区的左下角向右下角水平拖动填充渐变色，其效果如图 2.59 所示。

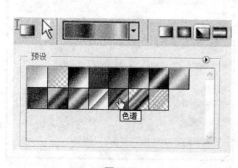

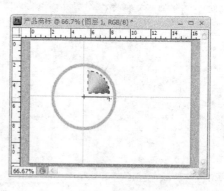

图 2.58　　　　　　　　　　　图 2.59

(4) 执行【选择】→【变换选区】命令，将旋转中心点移到参考线的交点所在位置。在属性栏【旋转角度】编辑框中输入"-90"，单击属性栏的【进行变换】按钮☑，确认变换，得如图 2.60 所示选区。

(5) 选择【渐变工具】🔲，按上述同样的设置，从选区的右下角向左下角水平拖动填充渐变色，其效果如图 2.61 所示。以同样的方法，制得另一扇形图形，如图 2.62 所示。按 Ctrl+D 组合键取消选区。

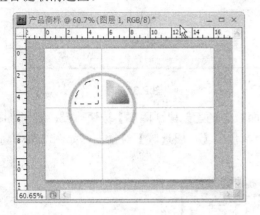

图 2.60

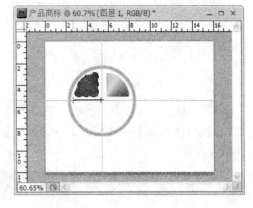

图 2.61

4. 删除四分之一圆环

使用【矩形选框工具】▱，框选右下角部分的圆环，按 Del 键删除四分之一圆环，如图 2.63 所示。

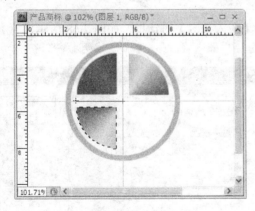

图 2.62

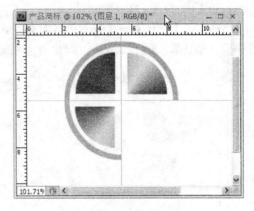

图 2.63

5. 制作文字效果

(1) 使用【横排文字工具】Ｔ，输入华文行楷"美宝"，大小为 100 点，颜色为#f3ed36，在【图层】面板中自动生成一文字图层。按住 Ctrl 键，单击【图层】面板中【文字层】的缩略图，如图 2.64 所示，调出文字的选区。

(2) 执行【选择】→【存储选区】命令，弹出【存储选区】对话框，如图 2.65 所示进行参数设置。单击 确定 按钮，即在【通道】面板中新增一个名为"文字"的 Alpha 通道。

图 2.64

图 2.65

(3) 将"图层 1"置为当前层，单击【图层】面板上的【创建新图层】按钮 ，新建"图层 2"。执行【选择】→【修改】→【扩展】命令，弹出【扩展选区】对话框，如图 2.66 所示进行参数设置。

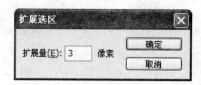

图 2.66

(4) 单击 确定 按钮，得到一扩展后的选区，并填充为橙色(#f7b80e)，其效果图如图 2.67 所示。按 Ctrl+D 组合键取消选区。

(5) 执行【选择】→【载入选区】命令，弹出【载入选区】对话框，如图 2.68 所示进行参数设置。单击 确定 按钮，即载入文字选区。

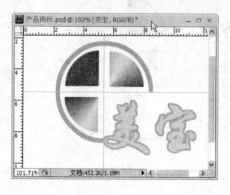

图 2.67

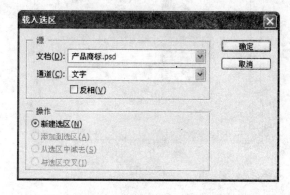

图 2.68

(6) 将文字层置为当前层，单击【图层】面板上的【创建新图层】按钮 ，新建"图层 3"。

(7) 执行【选择】→【修改】→【收缩】命令，弹出【收缩选区】对话框，如图 2.69 所示进行参数设置。

(8) 单击 确定 按钮，得到一收缩后的选区，并填充为纯白色(#ffffff)，其效果如图 2.70 所示。按 Ctrl+D 组合键取消选区。

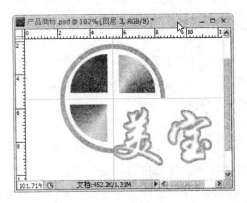

图 2.69

图 2.70

2.3.5 案例小结

本案例主要介绍了"产品商标"的制作方法。读者通过该案例的学习，掌握选区调整的几种常用方法，并能将所学应用到实际中去。

2.3.6 举一反三

制作"蓝月亮"产品商标，如图 2.71 所示。

图 2.71

2.4 制作相框

2.4.1 案例效果

2.4.2 案例目的

通过该案例的学习，读者能够掌握图像基本编辑方法，如：移动、删除、定义图案、填充图案、画布调整、合并复制、贴入等操作。学习如何使用 Photoshop CS4 软件制作活的实例——"相框"。

2.4.3 案例分析

本案例在原先抠图的基础上，介绍怎样对图像进行一系列编辑处理，最终给相片进行装裱。该案例大致步骤是：第 1 步创建新文件；第 2 步选取紫色小花；第 3 步复制、粘贴小花；第 4 步缩放小花；第 5 步定义图案；第 6 步填充图案；第 7 步制作相框；第 8 步调整画布大小；第 9 步合并复制与贴入；第 10 步调整紫色花朵位置；第 11 步对相框做立体化处理。

2.4.4 技术实训

1. 创建新文件

按 Ctrl+N 组合键，打开【新建】对话框，如图 2.72 所示设置新文档参数，新建一个名为"相框"的新文件。

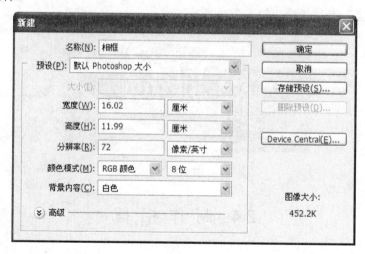

图 2.72

2. 用选框工具选取紫色小花

打开本书配套素材"Ph2/14.jpg"文件，用【魔棒工具】选中图中的部分紫色花朵区域，如图 2.73 所示。再使用【套索工具】进行选区的添加，将紫色小花全部选中，如图 2.74 所示使用【套索工具】属性栏中的【调整边缘】按钮 调整边缘... ，对选区边缘进行如图 2.75 所示的调整。

3. 复制、粘贴小花

按 Ctrl+C 组合键复制选定的对象，选中"相框"文件，按 Ctrl+V 组合键粘贴选定的对象。在新文件建立"图层 1"。

图 2.73　　　　　　　　　　　　　　　　　图 2.74

4. 缩放小花

(1) 按住鼠标左键拖动"图层 1"至【图层】面板上的【创建新图层】按钮 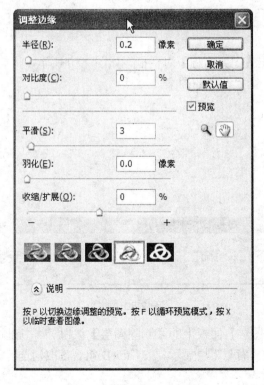，如图 2.76 所示，复制一个新图层，得"图层 1 副本"。单击"图层 1"左侧的 ● 可见性图标，将"图层 1"暂时隐藏。

图 2.75　　　　　　　　　　　　　　　　　图 2.76

(2) 将"图层 1 副本"置为当前层。按 Ctrl+T 组合键对紫色小花进行自由变换缩小，大小合适，如图 2.77 所示。

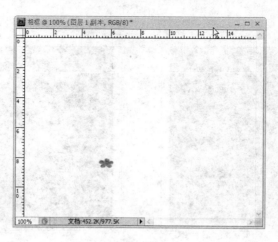

图 2.77

5. 定义图案

(1) 在【图层】面板上，单击"背景"层左侧的 ● 可见性图标，将背景暂时隐藏。用【矩形选框工具】，属性栏设置如图 2.78 所示。

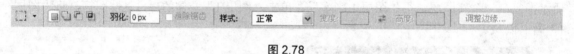

图 2.78

将紫色小花朵框选，如图 2.79 所示。

(2) 执行【编辑】→【定义图案】命令，弹出【图案名称】对话框，如图 2.80 所示，将名称改为"花"，单击 确定 按钮，即定义了一个"花"的图案。

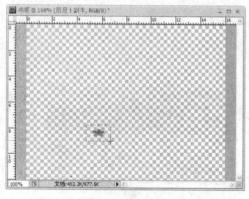

图 2.79

图 2.80

(3) 按住鼠标左键拖动"图层 1 副本"至【图层】面板上的【删除图层】按钮 ，删除该图层。单击"背景"层左侧的 ● 可见性图标，将"背景"层显示。按 Ctrl+D 组合键取消选区。

6. 填充图案

(1) 单击【图层】面板的【创建新图层】按钮 ，即可创建"图层 2"。

(2) 执行【编辑】→【填充】命令，弹出【填充】对话框，如图 2.81 所示进行设置。单击 确定 按钮，即用定义的小花图案填充文件窗口，效果如图 2.82 所示。

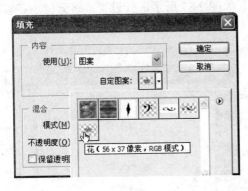

图 2.81

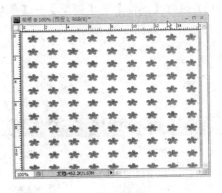

图 2.82

7. 制作相框

(1) 单击【图层】面板的【创建新图层】按钮 ⬛，即可创建"图层 3"。按住鼠标左键拖动"图层 3"放置到"图层 2"下层，如图 2.83 所示。使用【矩形选框工具】⬚画两矩形选区(注意：选择从选区减去的运算)，如图 2.84 所示。用前景色颜色为#b69d27 填充矩形框，如图 2.85 所示。

图 2.83

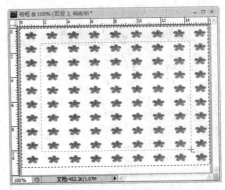

图 2.84

(2) 按 Ctrl+D 组合键取消选区。使用【魔棒工具】✨选中图像内部的白色区域。将"图层 2"置为当前层，按 Del 键清除选区中的内容，按 Ctrl+D 组合键取消选区。按同样的方法除去外框外的小花，如图 2.86 所示。

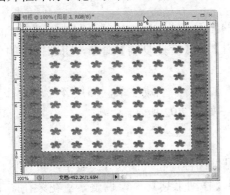

图 2.85

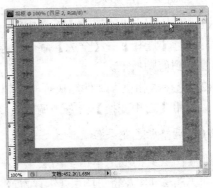

图 2.86

(3) 执行【图像】→【调整】→【阈值】命令，如图 2.87 所示进行设置。将紫色小花置为白色的小花，如图 2.88 所示。

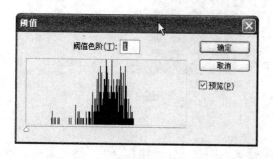

图 2.87

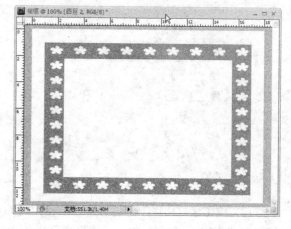

图 2.88

8. 调整画布大小

将背景色设为白色。执行【图像】→【画布大小】命令，如图 2.89 所示进行设置。单击 确定 按钮，将画布扩大，效果如图 2.90 所示。

图 2.89

图 2.90

9. 合并复制与贴入

(1) 再次使用【魔棒工具】，选中"图层 3"内部的白色区域，打开本书配套素材"Ph2/15.psd"文件。执行【选择】→【全选】命令，再执行【编辑】→【合并复制】命令，将图像中的全部内容复制到剪贴板上。

(2) 选择"相框"文件，执行【编辑】→【贴入】命令，自动生成"图层 4"，如图 2.91 所示。使用【自由变换】命令，调整人物图像大小，如图 2.92 所示。

10. 调整紫色花朵位置

在【图层】面板上单击"图层 1"左侧的 可见性图标，将"图层 1"显示，按住鼠标左键拖动"图层 1"，将"图层 1"置为最上层。使用【移动工具】，调整紫色花朵在图中的位置，如图 2.93 所示。

图 2.91

图 2.92

11. 对相框做立体化处理

(1) 单击"图层 3",将其置为当前层。单击【图层】面板中的【添加图层样式】按钮 _fx._,如图 2.94 所示。选择【斜面和浮雕】命令,弹出【图层样式】对话框,如图 2.95 所示进行参数设置。

图 2.93

图 2.94

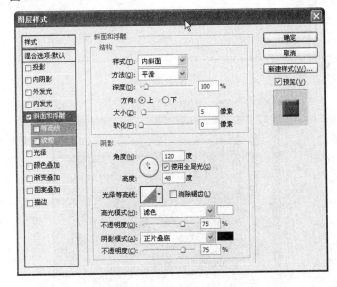
图 2.95

(2) 单击"图层 4",同理对其进行【投影】、【内阴影】图层样式的设置,如图 2.96、图 2.97 所示进行参数设置,最终效果图如图 2.98 所示。

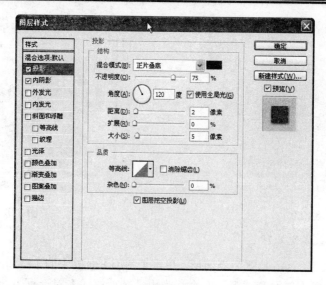

图 2.96

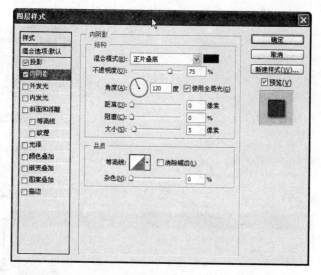

图 2.97

图 2.98

2.4.5　案例小结

本案例主要通过制作生活实例——"相框"，使读者能掌握图像基本编辑方法，如：移动、删除、定义图案、填充图案、画布调整、合并复制、贴入等操作，并能将所学灵活运用。

2.4.6　举一反三

装裱学生作品，如图 2.99 所示。

图 2.99

2.5　制作茶与杯的组合

2.5.1　案例效果

2.5.2　案例目的

通过本案例的学习，读者可掌握运用变形命令，自由变换命令实现图像的多样化制作，提高图像处理的能力。

2.5.3　案例分析

本案例具体应用自由变换命令制作包装盒，应用再制和复制功能快速制作相同图像，利用变形功能实现对图像的自然贴图效果。该案例大致步骤是：第 1 步快速复制花纹；第 2 步制作茶叶盒；第 3 步茶杯贴花。

2.5.4 技术实训

1. 快速复制花纹

(1) 打开本书配套素材"Ph2/18.tif"文件，如图 2.100 所示。按 Ctrl+A 组合键选定全部对象，按 Ctrl+C 组合键复制选定的对象。

(2) 打开本书配套素材"Ph2/19.jpg"文件，按 Ctrl+V 组合键粘贴复制的对象，在该文件中建立"图层 1"，如图 2.101 所示。

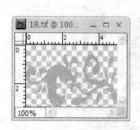

图 2.100

图 2.101

(3) 按 Ctrl+T 组合键对花纹进行自由变换缩小，大小合适，移置左上角，如图 2.102 所示。

(4) 执行【编辑】→【变换】→【缩放】命令，按住鼠标左键拖动花纹水平向右移动合适距离，单击属性栏的【进行变换】按钮 ✓，如图 2.103 所示。

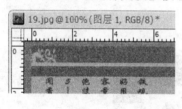

图 2.102

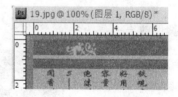

图 2.103

(5) 按 Shift+Ctrl+Alt+T 组合键对图像边移动边复制，制作出一排花边效果。如图 2.104 所示。

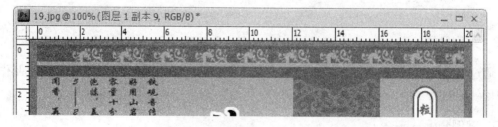

图 2.104

(6) 在【图层】面板中，按住 Shift 键，单击"图层 1"连续选中花纹所在的图层。执行【图层】→【合并图层】命令或按住 Ctrl+E 组合键，将所有选中的图层合并成一层。使用【移动工具】调整花边的位置，如图 2.105 所示。

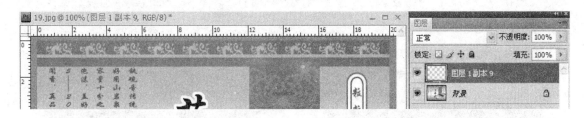

图 2.105

(7) 按 Ctrl+A 组合键全选图像，按 Shift+Ctrl+C 组合键合并复制。

2．制作茶叶盒

(1) 打开本书配套素材"Ph2/20.jpg"文件，按 Ctrl+V 组合键粘贴复制的对象。

使用【自由变换】命令缩小茶叶盒封面图像，如图 2.106 所示。

(2) 在【图层】面板上，将茶叶盒封面图形所在"图层 1"拖动到【创建新图层】按钮上，复制两个"图层 1 副本"，如图 2.107 所示。

图 2.106

图 2.107

(3) 用【移动工具】将两个"图层 1 副本"调整好位置，如图 2.108 所示。(注意：执行【视图】→【显示】→【智能参考线】命令，Photoshop CS4 通过智能参考线帮助对象对齐。)

(4) 分别选择两个"图层 1 副本"，执行【编辑】→【变换】→【扭曲】命令，用鼠标捕捉边线中心控制点，如图 2.109 所示，调整各侧面的状态。一个茶叶包装盒就制作好了，如图 2.110 所示。

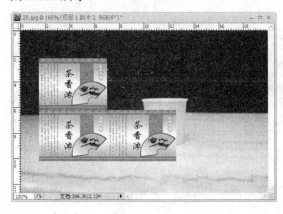

图 2.108

图 2.109

3. 茶杯贴花

(1) 打开本书配套素材 "Ph2/21.jpg" 文件, 按 Ctrl+A 组合键选定全部对象。按 Ctrl+C 组合键复制选定的对象。选择 "20.jpg" 文件按 Ctrl+V 组合键粘贴复制的对象, 如图 2.111 所示。

图 2.110   图 2.111

(2) 使用【自由变换】命令调整鲜花图像, 与茶杯大小相似, 如图 2.112 所示。

(3) 执行【编辑】→【变换】→【变形】命令, 图像周围出现如图 2.113 所示的变形网格。

(4) 将光标移到变形网格角点以及控制柄上进行拖动调整, 使图像的形状与杯身吻合后, 单击属性栏的【进行变换】按钮, 得到如图 2.114 所示效果图。

图 2.112   图 2.113   图 2.114

(5) 将该图层的混合模式设为【正片叠底】, 如图 2.115 所示。这样就给杯身贴上漂亮的鲜花图案。

图 2.115

读者有兴趣还可以用【自由变换】命令制作茶叶盒的倒影。

2.5.5 案例小结

本案例主要介绍了茶叶包装盒的制作方法以及给杯子贴上美丽的图案,使读者掌握再制与复制图像,自由变换与变形菜单的灵活应用,较好地理解这些菜单的作用。

2.5.6 举一反三

制作咖啡包装盒以及咖啡瓶贴图,如图 2.116 所示。

图 2.116

第**3**章　绘画与修饰

技能点

1. 给漫画人物上色
2. 制作绚丽的背景
3. 修饰图像

说　明

本章主要通过 3 个案例来介绍绘画和修饰工具的使用，重点要掌握绘画工具的使用设置，色彩的混合模式，渐变工具的使用，修复画笔工具组及图章修复工具的使用，加深/减淡工具的运用。

在 Photoshop 中，绘画的运用和修饰是一个很重要的环节。在绘画工具的使用中需要掌握其参数的设置的运用；在色彩混合模式的运用中，需要理解各色彩混合模式的原理及运用；在渐变工具中，需要掌握渐变编辑器的使用及各渐变方式；在修复画笔工具组及图章工具中，需要掌握其各工具的使用特点；在加深/减淡工具组中，需要掌握对图像层次修饰的运用。

在本章中，将通过实际案例操作，对绘画与修饰由浅入深地进行学习。绘画与修饰的调整是非常灵活多变的。在实际的运用过程中，需要读者能够通过学习的内容，多做练习，对绘画与修饰达到更深层次的认识。

3.1　给漫画人物着色

3.1.1　案例效果

3.1.2　案例目的

通过该案例的学习，读者能够熟练掌握画笔工具的基本使用。

3.1.3　案例分析

本案例主要介绍【画笔工具】的基本使用。该案例难易适当，在制作过程中需注意细节，步骤大致是：第 1 步打开图像文件；第 2 步填充颜色；第 3 步细节塑造；第 4 步存储图像。

3.1.4　技术实训

1．打开图像文件

启动 Photoshop CS4，打开本书配套素材"Ph3/1.psd"文件，如图 3.1 所示。

2．填充颜色

(1) 执行【图层】→【新建】→【图层】命令，弹出【新建图层】对话框，具体设置如图 3.2 所示。

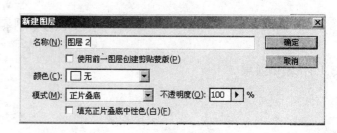

图 3.1   图 3.2

(2) 单击 【确定】 按钮，新建【正面叠底】模式的图层设置完毕。

(3) 在工具箱中选择【魔棒工具】，在工具属性栏中选择【添加到选区】，并选中【对所有图层取样】复选框。

(4) 使用【魔棒工具】多次点选，制作出人物头发区域的选区，扩展选区 2 像素，并存储选区，命名为"头发"。

(5) 打开【图层】面板，选择"图层 2"。设置前景色为 R：178，G：105，B：178，使用前景色填充选区，如图 3.3 所示。放大图像，检查填充是否完全，如图 3.4 所示。在工具箱中选择【画笔工具】，在【画笔工具】属性栏中进行画笔大小的调整，如图 3.5 所示，其他参数不变，对没有填充的部分进行涂抹。涂抹过程中要细致，注意涂抹不要超过头发的轮廓轮部分。

图 3.3   图 3.4

提示:选择【画笔工具】,在画面中单击鼠标右键,同样会弹出相同的对话框;【主直径】的大小表示当前画笔的大小,【硬度】值的大小表示画笔边缘的柔软度。按住鼠标右键和Alt键,向左或向右拖动可减小或增大画笔的大小。按住Shift键、鼠标右键和Alt键,向左或向右拖动可改变画笔的硬度。

(6) 同样的方法,在"图层2"中,对人物的面部、帽子、衣服等进行填充及选区的存储。各部分参数设置如下。

① "衣服"颜色(R:93,G:113,B:101)。

② "皮肤"颜色(R:243,G:228,B:225)。

③ "嘴唇"颜色(R:223,G:102,B:102)。

④ "眼睛"颜色(R:18,G:25,B:75)。

⑤ "帽子"颜色(R:98,G:86,B:176)。

最终效果如图3.6所示。

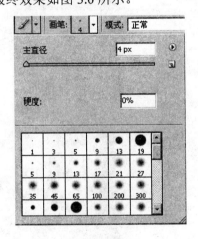

图3.5

图3.6

3. 细节塑造

(1) 调出人物"皮肤"部分的选区,选择【画笔工具】,画笔设置为"柔角"画笔,【硬度】为0,【大小】为250,【不透明度】为40%,前景色设置为R:233,G:169,B:247,在人物的脸颊部分各点一次。再次调整画笔的设置为"柔角"画笔,【硬度】为0,大小在实际绘画中进行调整,【不透明度】为20%,前景色设置R:117,G:66,B:60,沿着头发边缘、脸部轮廓进行涂抹,参考效果如图3.7所示。

(2) 调出人物"眼睛"部分选区,将画笔设为"柔角圆形"画笔,【硬度】为0,【不透明度】为20%,大小根据实际情况调整,对眼睛部分进行涂抹。参数依次分别为R:17,G:22,B:51;R:48,G:58,B:128;R:255,G:255,B:255。最终效果如图3.8所示。

(3) 调出人物"头发"部分选区,将画笔设置为"柔角圆形"画笔,【硬度】为50,【不透明度】为20%,大小根据实际情况调整,画笔颜色设置为R:117,G:78,B:132,对头发部分进行涂抹。参考效果如图3.9所示。

(4) 调出人物"帽子"部分选区,将画笔设置为"柔角圆形"画笔,【硬度】为30,【不透明度】为30%,大小根据实际情况调整,画笔颜色设置为R:59,G:61,B:138,对帽子部分进行涂抹。最终效果如图 3.10 所示。执行【编辑】→【填充】命令，打开【填充】对话框，参数设置如图 3.11 所示，效果如图 3.12 所示。

图 3.7

图 3.8

图 3.9

图 3.10

图 3.11

图 3.12

　　(5) 调出人物"衣服"部分选区，将画笔设置为"柔角圆形"画笔，【硬度】为 20，【不透明度】为 30%，大小根据实际情况调整，画笔颜色设置为 R：23，G：36，B：28，对衣服部分进行涂抹。最终效果如图 3.13 所示。执行【编辑】→【填充】命令，打开【填充】对话框，参数设置如图 3.14 所示，效果如图 3.15 所示。

图 3.13

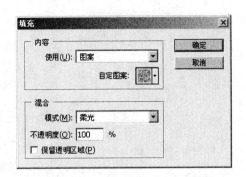

图 3.14

　　(6) 调出人物"嘴唇"部分选区，将画笔设置为"柔角圆形"画笔，【硬度】为 0，【不透明度】为 30%，大小根据实际情况调整，画笔颜色设置为 R：79，G：24，B：24，对衣服部分进行涂抹。最终效果如图 3.16 所示。

图 3.15

图 3.16

　　4．存储图像

　　按住 Ctrl 键，单击"图层 1"和"图层 2"，执行【图层】→【合并图层】命令，以"2.psd"为文件名存储。

3.1.5　案例小结

　　本案例主要介绍了【画笔工具】的基本使用，读者通过该案例的学习，要熟练掌握【画笔工具】使用的调整。

3.1.6　举一反三

　　打开本书配套素材"Ph3/3.psd"文件，如图 3.17 所示，将其各部分进行填充颜色和细节塑造，最终参考效果如图 3.18 所示。

图 3.17

图 3.18

各部分参数如下。

(1) 头发：整体填充颜色(R：11，G：14，B：122)。暗部使用颜色(R：10，G：11，B：60)，"柔角"画笔，【不透明度】50%涂抹；亮部使用颜色(R：57，G：60，B：209)，"柔角"画笔，【不透明度】10%涂抹。

(2) 皮肤：整体填充颜色(R：247，G：227，B：203)。暗部使用颜色(R：217，G：187，B：151)，"柔角"画笔，【不透明度】50%涂抹；亮部使用颜色(R：245，G：234，B：222)，"柔角"画笔，【不透明度】50%涂抹；脸颊使用颜色(R：235，G：161，B：251)，"柔角"画笔，【不透明度】30%，各点两次。

(3) 衣服：整体填充颜色(R：123，G：202，B：248)。暗部使用颜色(R：76，G：157，B：203)，"柔角"画笔，【不透明度】50%涂抹；最后填充纹理(斜纹布)，混合模式(柔光)，【不透明度】50%。

(4) 眼睛：整体填充颜色(R：100，G：164，B：179)。暗部使用黑色，"柔角"画笔，【不透明度】10%多次涂抹，直到需要的效果；眼珠及高光部分分别用不透明度 100%的黑色和白色"柔角"画笔单击得到。

3.2　制作绚丽的背景

3.2.1　案例效果

3.2.2 案例目的

通过本案例的学习，要求读者能够熟练掌握【画笔工具】的基本使用。

3.2.3 案例分析

本案例主要介绍【画笔工具】的基本使用。该案例比较简单，步骤大致是：第 1 步打开图像文件；第 2 步填充颜色；第 3 步画笔塑造绚丽背景；第 4 步存储图像。

3.2.4 技术实训

1. 打开图像文件

启动 Photoshop CS4，打开本书配套素材"Ph3/2.psd"文件，如图 3.19 所示。

2. 填充颜色

(1) 执行【图层】→【新建】→【图层】命令，弹出【新建图层】对话框，具体设置如图 3.20 所示。

图 3.19

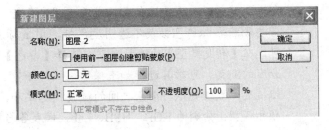

图 3.20

(2) 单击 确定 按钮，新建图层设置完毕。将"图层 2"放置到"图层 1"下，如图 3.21 所示。

(3) 在工具箱中选择【渐变工具】 ▇▇. ，在【渐变工具】属性栏中单击 ▇▇▇▇ ，打开【渐变编辑器】对话框。在【预设】单击选择"黄色、绿色、橙色"预设，如图 3.22 所示。基于该预设进行编辑，具体设置如下。

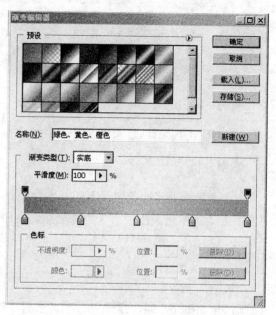

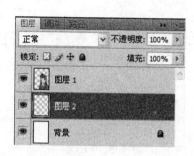

图 3.21

图 3.22

① 色标的设置。

位置 0%色标，颜色 R：59，G：164，B：102，颜色中点位置 60%；位置 30%色标，颜色 R：156，G：214，B：128，中点位置 70%；位置 60%色标，颜色 R：204，G：226，B：125，中点位置 55%；位置 75%色标，颜色 R：223，G：198，B：139，中点位置 40%；位置 100%色标，颜色 R：251，G：154，B：98。

② 不透明度色标参数设置。

位置 0%不透明度色标，不透明度 90%；位置 30%不透明度色标，不透明度 80%；位置 65%不透明度色标，不透明度 80%；位置 100%不透明度色标，不透明度 90%。

其他参数均不变，单击 ▇▇确定▇▇ 按钮，渐变编辑完成。

提示：在【名称】里输入文字，再单击【新建】按钮，可将当前编辑的渐变存到预设中。在进行渐变编辑时，需要添加色标或不透明度色标，可直接单击需要添加的位置即可添加；若要删除添加的色标或不透明度色标，用鼠标左键单击该点不放拖动到编辑区域外即可。在【渐变类型】的下拉列表中选择【杂色】，可进行杂色渐变的编辑。杂色是随机分布的渐变，可对其进行如下操作。

粗糙度：数值越低，杂色之间的过渡就越柔和，反之则越明显。

颜色模型：分别为 RGB、HSB、Lab，代表各自对应的颜色混合方式。调整其中的滑块可对杂色的范围进行限制。

选项：选中【限制颜色】复选框，可将杂色的对比降低。选中【增加透明度】复选框，可创建有透明度的杂色渐变。

随机化：单击该按钮，可随机改变当前的杂色渐变。

(4) 在【渐变工具】属性栏中，选择【线性渐变】▣。按住 Shift 键，在"图层 2"中自上而下拖动，效果如图 3.23 所示。

提示：在【渐变工具】属性栏中，各选项的定义如下。

▣：以直线的起点渐变到终点的线性渐变。

▣：以圆形图案的起点渐变到终点的径向渐变。

▣：围绕起点以逆时针扫描方式渐变的角度渐变。

▣：使用均衡的线性渐变在起点的任一侧渐变的对称渐变。

▣：以菱形方式从起点向外渐变，终点是定义菱形的一个角的菱形渐变。

模式：该选项的选择表示当前的渐变与当前图层中的图像的混合模式。

不透明度：可对当前的渐变的整体透明度进行调节。

反向：选中该项，可反转当前的渐变的顺序。

仿色：选中该项可用较小的带宽创建较平滑的渐变。

透明区域：选中该项，则会将在渐变编辑器编辑的不透明度应用到渐变中。

图 3.23

3. 画笔塑造绚丽背景

(1) 设置前景色 R：190，G：76，B：232，背景色 R：145，G：157，B：247。选择【画笔工具】，在【画笔工具】属性栏中单击【画笔面板】按钮▣，打开【画笔】面板，如图 3.24 所示。选择枫叶造型画笔，在【画笔笔尖形状】选项中调整如图 3.25 所示。

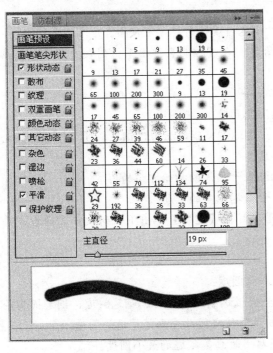

图 3.24

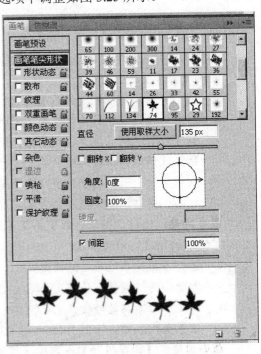

图 3.25

提示：各参数的定义如下。

直径：通过输入数值或拖动滑块，控制画笔大小。

使用取样大小：将画笔复位到原始直径。

翻转 X：改变画笔笔尖在其 x 轴上的方向。

翻转 Y：改变画笔笔尖在其 y 轴上的方向。

角度：通过调整数值改变画笔的水平方向旋转的角度。

圆度：通过调整数值改变画笔短轴和长轴之间的比率。

硬度：通过调整数值改变画笔硬度中心的大小。

间距：通过调整数值改变两个画笔笔迹之间的距离。

单击选中【形状动态】复选框调整如图 3.26 所示。

提示：各参数的定义如下。

大小抖动： 通过调整数值改变画笔笔迹大小。在【控制】弹出下拉列表中选择控制画笔笔迹的大小变化的方式。

- 关：不控制画笔笔迹的大小变化。
- 渐隐：通过调整数值大小改变画笔初始直径和最小直径之间渐隐笔迹的大小。每个步长等于画笔笔尖的一个笔迹。
- 钢笔压力、钢笔斜度或光笔轮：通过调整钢笔压力、钢笔斜度或钢笔拇指轮位置改变画笔初始直径和最小直径之间的笔迹大小。需要电脑有相关的配件才可以使用。

最小直径：通过调整数值改变启用【大小抖动】或大小【控制】时画笔笔迹可以缩放的最小百分比。

倾斜缩放比例：当【大小抖动】设置为"钢笔斜度"时，才可使用。

角度抖动： 通过调整数值改变画笔笔迹角度。在【控制】弹出下拉列表中选择控制画笔笔迹的角度抖动的方式。

- 关：不控制画笔笔迹的角度变化。
- 渐隐：通过调整数值改变画笔笔迹的渐隐角度。
- 钢笔压力、钢笔斜度、光笔轮、旋转：通过调整钢笔压力、钢笔斜度、钢笔拇指轮位置或钢笔的旋转改变画笔笔迹的角度。
- 初始方向：通过调整数值改变画笔笔迹基于画笔的初始方向的角度。
- 方向：通过调整数值改变画笔笔迹基于画笔方向的角度。

圆度抖动： 通过调整数值改变画笔笔迹圆度。在【控制】弹出下拉列表中选择控制画笔笔迹的圆度抖动的方式。

- 关：不控制画笔笔迹的圆度变化。
- 渐隐：通过调整数值改变画笔笔迹的渐隐圆度。
- 钢笔压力、钢笔斜度、光笔轮、旋转：通过调整钢笔压力、钢笔斜度、钢笔拇指轮位置或钢笔的旋转在 100% 和"最小圆度"值之间改变画笔笔迹的圆度。

最小圆度：【圆度抖动】或圆度【控制】启用时画笔笔迹的最小圆度。

单击选中【散布】复选框调整如图 3.27 所示。

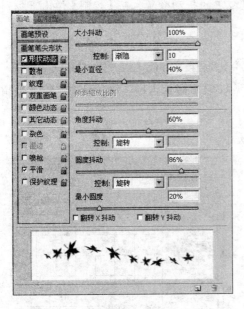

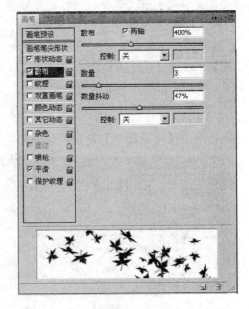

图 3.26　　　　　　　　　　　　　　　　图 3.27

提示：各参数的定义如下。

　　散布： 通过调整改变画笔笔迹在绘画中的分布方式。当选中【两轴】复选框时，画笔笔迹按径向分布。当不选中【两轴】复选框时，画笔笔迹垂直于绘画路径分布。通过输入数值改变散布的最大比例。在【控制】弹出下拉列表中选择控制画笔笔迹的散布方式。

- 关：不控制画笔笔迹的散布变化。
- 渐隐：通过调整数值将画笔笔迹的散布从最大散布渐隐到无散布。
- 钢笔压力、钢笔斜度、光笔轮、旋转：通过调整钢笔压力、钢笔斜度、钢笔拇指轮位置或钢笔的旋转来改变画笔笔迹的散布。

　　数量： 画笔笔迹间距间隔间应用的数量。

　　数量抖动： 通过调整数值改变画笔笔迹在各种间距间隔时的抖动数量。在【控制】弹出下拉列表中选择控制画笔笔迹的散布方式。

- 关：不控制画笔笔迹的数量变化。
- 渐隐：通过调整数值将画笔笔迹数量从数量的步长渐隐到 1。
- 钢笔压力、钢笔斜度、光笔轮、旋转：通过调整钢笔压力、钢笔斜度、钢笔拇指轮位置或钢笔的旋转来改变画笔笔迹的数量。

　　单击选中【纹理】复选框调整如图 3.28 所示。

提示：各参数的定义如下。

　　反相：选中该项，可使纹理基于图案中的色调反转其亮点和暗点。

　　缩放：通过调整数值改变图案的缩放比例。

　　为每个笔尖设置纹理：将纹理单独应用到每个画笔笔迹上。

　　深度：通过调整数值改变纹理在画笔笔迹中的深度。

　　最小深度：通过调整数值改变纹理在画笔笔迹中的最小深度。

深度抖动：通过调整数值改变纹理在画笔笔迹中的抖动数量。在【控制】弹出下拉列表中选择控制画笔笔迹的抖动深度方式。

- 关：不控制画笔笔迹的深度变化。
- 渐隐：通过调整数值从"深度抖动"百分比渐隐到"最小深度"百分比。
- 钢笔压力、钢笔斜度、光笔轮、旋转：通过调整钢笔压力、钢笔斜度、钢笔拇指轮位置或钢笔旋转角度来改变深度。

单击选中【双重画笔】复选框调整如图 3.29 所示。

图 3.28

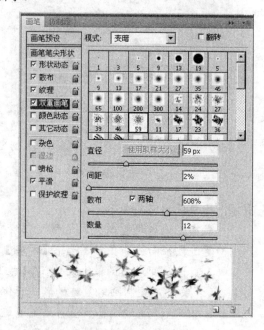

图 3.29

提示：双重画笔是用两个画笔笔尖来做新的画笔笔迹，在该画笔选框中选择的画笔作为纹理应用于主画笔。

单击选中【颜色动态】复选框调整如图 3.30 所示。

提示：各参数的定义如下。

前景/背景抖动：通过调整数值改变前景色到背景色的色彩变化方式。在【控制】弹出下拉列表中选择控制画笔笔迹的前景/背景抖动方式。

- 关：不控制画笔笔迹的颜色变化。
- 渐隐：通过调整数值改变前景色到背景色的颜色过渡。
- 钢笔压力、钢笔斜度、光笔轮、旋转：通过调整钢笔压力、钢笔斜度、钢笔拇指轮位置或钢笔的旋转来改变前景色到背景色颜色过渡。

色相抖动：通过调整数值改变画笔笔迹中的色相变化比例。

饱和度抖动：通过调整数值改变画笔笔迹中的饱和度变化比例。

亮度抖动：通过调整数值改变画笔笔迹中的亮度变化比例。

纯度：通过调整数值改变画笔笔迹中的饱和度。

单击选中【其他动态】复选框调整如图 3.31 所示。

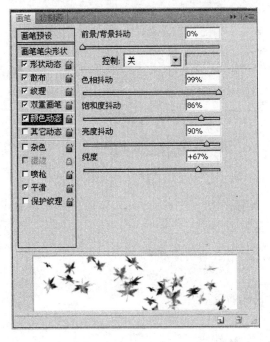

图 3.30

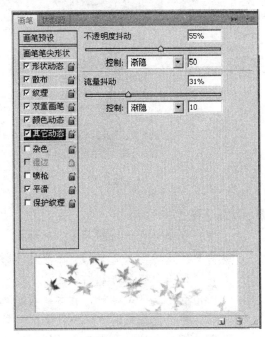

图 3.31

提示：各参数的定义如下。

不透明度抖动：通过调整数值改变画笔笔迹中颜色不透明度，在【控制】弹出下拉列表中选择控制画笔笔迹的不透明度抖动的方式。

- 关：不控制画笔笔迹的不透明度变化。
- 渐隐：通过调整数值将颜色不透明度渐隐到 0。
- 钢笔压力、钢笔斜度或光笔轮：通过调整钢笔压力、钢笔斜度或钢笔拇指轮的位置来改变颜色的不透明度。

流量抖动：通过调整数值改变颜色流量的变化，在【控制】弹出下拉列表中选择控制画笔笔迹的流量抖动的方式。

- 关：不控制画笔笔迹的流量变化。
- 渐隐：通过调整数值将颜色流量值渐隐到 0。
- 钢笔压力、钢笔斜度或光笔轮：通过调整钢笔压力、钢笔斜度或钢笔拇指轮的位置来改变颜色流量。

(2) 在【画笔工具】属性栏中【模式】下拉列表中选择"溶解"，【不透明度】为 70%，【流量】为 100%，在"图层 2"中进行单击绘画，在绘画过程中对画笔的大小进行调整，效果如图 3.32 所示。

在【模式】下拉列表中选择"背后"，【不透明度】为 100%，【流量】为 100%，在"图层 2"中进行单击绘画，效果如图 3.33 所示。在【模式】下拉菜单中选择"清除"，【不透明度】为 100%，【流量】为 100%，在"图层 2"中进行单击绘画，效果如图 3.34 所示。

图 3.32　　　　　　　　　　　　　　　　　图 3.33

提示：先了解 3 个定义。

　　　　基色：指混合色作用图层图像的颜色。

　　　　混合色：绘画工具选取的颜色或基色图层上的图层的图像颜色。

　　　　结果色：混合之后得到的颜色。

　　　　色彩混合中正常、溶解、背后、清除混合模式的含义如下。

　　　　正常：混合色覆盖基色，不产生任何效果。

　　　　溶解：混合色随机取代基色，得到溶解效果的结果色。

　　　　背后：混合色只能作用于基色图层中的不透明区域之外的部分，不影响基色不透明区域的颜色和形状。在【图层】调板中，【锁定透明像素】按钮 ☒ 未被锁定才可使用【背后】模式。

　　　　清除：将混合部分变为透明区域。在【图层】调板中，【锁定透明像素】按钮 ☒ 未被锁定才可使用【清除】模式。

　　（3）打开本书配套素材"Ph3/画笔.psd"文件，如图 3.35 所示。执行【编辑】→【定义画笔预设】命令，在打开的【画笔名称】对话框中输入名称"菊花"，单击 ▭确定 按钮，新建画笔完成。返回到"漫画人物.psd"的图像中，选择设置的"菊花"画笔，选项设置如图 3.36 所示。各选项内参数与枫叶画笔设置参数相同。在【画笔工具】属性栏中【模式】下拉列表中选择"变暗"，【不透明度】为 100%，【流量】为 100%，在"图层 2"中进行单击绘画，在绘画过程中对画笔的大小进行调整，效果如图 3.37 所示。

图 3.34　　　　　　　　　　　　　　图 3.35

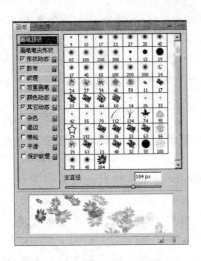

图 3.36　　　　　　　　　　　　　　图 3.37

提示：色彩混合中变暗、正片叠底、颜色加深、线性加深、深色混合模式的含义如下。

变暗：比较混合色和基色，保留其中较暗的颜色作为结果色。基色中比混合色亮的颜色会被混合色代替，比混合色暗的颜色不变。

正片叠底：结果色较暗。基色中的黑色和白色与混合色进行正片叠底均是保持不变，其他颜色正片叠底后均会产生逐渐变暗的结果色。

颜色加深：查看各通道颜色信息，增加对比度使基色变暗并反应混合色的部分颜色信息。基色中的白色不产生变化。

线性加深：查看各通道颜色信息，亮度减少变暗的基色和部分的混合色颜色信息成为结果色。基色中白色部分不变。

深色：混合比较后，只保留混合色和基色中的较暗的颜色作为结果色。

在【画笔工具】属性栏中【模式】下拉列表中选择“线性减淡(添加)”，【不透明度】为100%，【流量】为100%，在“图层2”中进行单击绘画，在绘画过程中对画笔的大小进行调整，效果如图 3.38 所示。在【画笔工具】属性栏中【模式】下拉列表中选择“亮光”，【不透明度】为100%，【流量】为100%，在“图层2”中进行单击绘画，在绘画过程中对画笔的大小进行调整，效果如图 3.39 所示。

图 3.38　　　　　　　　　　　　　　图 3.39

提示：色彩混合中叠加、柔光、强光、亮光、线性光、点光混合模式的含义如下。

叠加：基色对混合色进行叠加，基色不替换，结果色中保留基色的明暗。

柔光：取决于混合色，混合色灰度大于 50%，结果色变亮；混合色灰度小于 50%，结果色变暗。纯黑或纯白的混合色会产生明显的变暗或变亮的结果色，但不会出现纯黑或纯白的结果色。

强光：取决于混合色，混合色灰度大于 50%，结果色变亮，适合于添加高光；混合色灰度小于 50%，结果色变暗，适合于增加暗调。纯黑或纯白的混合色会产生纯黑或纯白的结果色。

亮光：取决于混合色，混合色灰度大于 50%，结果色中对比度减少变亮；混合色灰度小于 50%，结果色对比度增加变暗。

线性光：取决于混合色，混合色灰度大于 50%，结果色中亮度增加变亮；混合色灰度小于 50%，结果色亮度减少变暗。

点光：根据混合色替换颜色，混合色灰度大于 50%，比混合色暗的颜色被替换，比混合色亮的颜色不改变；混合色灰度小于 50%，比混合色亮的颜色被替换，比混合色暗的颜色不改变。

在【画笔工具】属性栏中【模式】下拉列表中选择"差值"，【不透明度】为100%，【流量】为100%，在"图层2"中进行单击绘画，在绘画过程中对画笔的大小进行调整，效果如图 3.40 所示。在【画笔工具】属性栏中【模式】下拉列表中选择"明度"，【不透明度】为100%，【流量】为100%，在"图层2"中进行单击绘画，在绘画过程中对画笔的大小进行调整，效果如图 3.41 所示。

图 3.40　　　　　　　　　　　图 3.41

提示：色彩混合中差值、排除、色相、饱和度、颜色、明度混合模式的含义如下。

差值：对比混合色与基色中的颜色，亮度值高的变成结果色。颜色与白色混合反相，与黑色混合不变。

排除：对比度方面相对差值来说更低一点。

色相：结果色由混合色的色相加上基色的亮度、饱和度得到。

饱和度：结果色由混合色的饱和度加上基色的明亮度、色相得到。灰色区域中该模式不起任何变化。

颜色：结果色由混合色的色相、饱和度加上基色的明亮度得到。

明度：结果色由混合色的明亮度加上基色的色相、饱和度得到。

4. 制作前景及存储

新建"图层 3"，将该图层放置于人物图层之上。在【画笔工具】栏上将【模式】改为"正常"。在"图层 3"进行单击绘画，效果如图 3.42 所示。执行【图层】→【拼合图像】命令，将所有图层合并，以"漫画人物.jpg"为名存储。

图 3.42

3.2.5　案例小结

本案例主要介绍了【画笔工具】的深度使用以及【混合模式】的应用效果，读者通过该案例的学习，要熟练掌握【画笔工具】使用的调整。

3.2.6　举一反三

打开本书配套素材"Ph3/4.psd"文件，如图 3.43 所示，对其进行填充渐变及画笔特效的制作，最终效果如图 3.44 所示。

图 3.43

图 3.44

参考参数如下。

(1) 填充渐变：蓝、红、黄渐变，径向渐变，【不透明度】为 60%；设置前景色 R：141，G：190，B：240，背景色 R：226，G：144，B：246。

(2) 选择画笔，画笔参数设置如图 3.45 所示，【模式】分别选择为【亮光】、【正片叠底】、【颜色】，在画面中进行绘画。

(3) 选择画笔，参数与以上相同，【模式】选择【差值】，在画面中进行绘画。设置前景色 R：76，G：221，B：138，不选中画笔设置中的【颜色动态】复选框，在画面进行绘画。

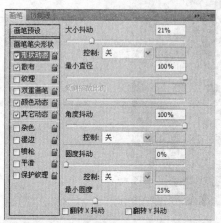
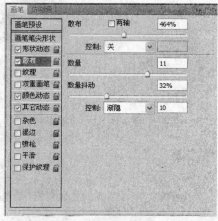
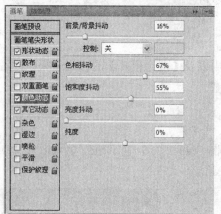
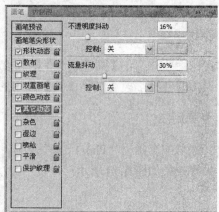

图 3.45

3.3　修　饰　图　像

3.3.1　案例效果

3.3.2　案例目的

通过该案例的学习，要求读者能够根据图像色调的需要选择相对应的色调调整工具，掌握各种色调调整工具的应用及区别。

3.3.3　案例分析

本案例主要介绍使用各种图像修饰工具对图像进行修饰。通过使用不同的修饰工具，掌握各种图像修饰工具的使用。该案例内容难易适当，步骤大致是：第 1 步打开图像文件；第 2 步【修复画笔工具】修复图像；第 3 步【图章工具】、【涂抹工具】、【橡皮擦工具】等修饰图像；第 4 步存储图像。

3.3.4　技术实训

1. 打开图像文件

启动 Photoshop CS4，打开本书配套素材"Ph3/5.jpg"文件，如图 3.46 所示。

2.【修复画笔工具】修复图像

在工具箱中选择【污点修复画笔工具】对图像中有瑕疵的地方进行修饰，使用默认参数，修饰过程中可根据需要对画笔大小进行调整；对【污点修复画笔工具】修复不了的地方，选择【修复画笔工具】，按住 Alt 键定义一个取样点，通过该取样点对修复区域进行修饰，使用默认参数，修饰过程中可根据需要对画笔大小进行调整；选择【修补工具】对大面积的区域进行修饰，最终效果如图 3.47 所示。

图 3.46　　　　　　　　　　　　　　　　　图 3.47

提示：在对图像的瑕疵部分进行修饰时，需要注意工具选择使用。根据修饰的需要，及时的切换修复工具。使用【修补工具】，可将制作的修补选区进行羽化，得到边缘融合的效果。

3.【图章工具】、【涂抹工具】、【橡皮擦工具】等修饰图像

(1) 在工具箱中选择【仿制图章工具】对图像中空的部分进行修饰。选择【仿制图章工具】，"柔角圆形"画笔，其他参数不变；按住 Alt 键在图像中定义一个仿制源，打开【仿制源】调板，参数设置如图 3.48、图 3.49 所示，效果如图 3.50 所示。

提示：一个图像一次只能定义一个仿制源，在过程中可通过按住 Alt 键单击画面重新定义仿制源；还可以从其他打开的图像中定义仿制源，最多可从 5 个打开的图像中定义仿制源。

图 3.48

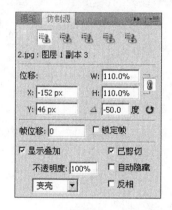

图 3.49

(2) 在工具箱中选择【涂抹工具】对图像上部进行修饰。【涂抹工具】属性工具栏参数设置为：画笔 "63 平头湿水彩笔"，其他参数默认，效果如图 3.51 所示。

提示：在该工具组中还有【锐化】和【模糊】两个工具，主要用于对画面的局部进行锐化和模糊处理。

图 3.50

图 3.51

(3) 在工具箱中选择【图案图章工具】对图像上部进行修饰。【图案图章工具】属性工具栏参数设置为：画笔大小 100，"柔角圆形"画笔，【模式】"变亮"，【不透明度】50%，图案选择█████，其他参数默认，效果如图 3.52 所示。

(4) 在工具箱中选择【加深工具】对叶子及花朵的部分做加深处理，画笔设置为"柔角圆形"画笔，其他参数默认；选择【减淡工具】对花朵部分做减淡处理，画笔设置为"柔角圆形"画笔，其他参数默认。效果如图 3.53 所示。

图 3.52   图 3.53

提示：主要是通过加深和减淡来调整画面的明暗层次。该工具组中的【海绵工具】主要用于吸取涂抹位置的颜色，对明暗关系不产生影响。

（5）在工具箱中选择【魔术橡皮擦工具】擦除一部分方格的图像，其工具栏中各项设置均为默认；对部分不能用【魔术橡皮擦工具】擦除的部分，选择【橡皮擦工具】，画笔设置为"柔角圆形"画笔，并根据实际情况调整画笔大小进行擦除，属性栏中其他各设置均不变，效果如图 3.54 所示。选择【渐变工具】，打开【渐变编辑器】对话框，在【预设】中选择"黄，紫，橙，蓝渐变"，单击 确定 按钮完成渐变编辑；在【渐变工具】属性栏渐变方式中单击【对称】渐变 ▭，【模式】下拉列表中选择"背后"，其他参数默认，效果如图 3.55 所示。

图 3.54   图 3.55

提示：该工具组的【魔术橡皮擦工具】类似于用【魔棒工具】作一个选区，然后将这个选区的内容擦除。【背景橡皮擦工具】会擦除与背景色不同的区域。

4．存储图像

将完成的图像以"图像修饰.jpg"为名存储到合适的位置。

3.3.5 案例小结

通过本案例的学习，读者应在实际使用中根据需要来选择图像修饰工具。

（1）【修复画笔】和【图章工具】都可以对图像进行修复修饰。在进行小面积的颜色相近的图像修饰时,【修复画笔】可以很好地完成;在进行大面积的图像修饰时,【图章工具】是最佳的选择。

(2)【涂抹工具】工具组中,【涂抹工具】可为图像添加涂抹的效果,而工具组中的【模糊工具】和【锐化工具】在运用中需要注意不可过多运用。

(3)【加深工具】、【减淡工具】在对图像的层次修饰方面比较常用,可将图像的层次修饰得丰富细腻。

3.3.6 举一反三

打开本书配套素材"Ph3/6.jpg"文件,如图 3.56 所示,效果如图 3.57 所示。参考步骤及参数:选择【污点修复画笔工具】,画笔【硬度】为 0,工具属性栏勾选【近似匹配】,对人物的瑕疵部分进行修复;选择【仿制图章工具】,对人物的肩膀部分进行消除;选择【加深/减淡工具】对人物的局部进行修饰调整。

图 3.56

图 3.57

第4章 图像的色调与色彩调整

 技能点

1. 运用色阶、曲线等调整图像色调
2. 运用自然饱和度、色相/饱和度调整图像色彩
3. 运用色彩平衡、通道混合器、可选颜色调整图像色彩
4. 运用黑白、去色、照片滤镜、反相、色调分离、阈值调整图像色彩
5. 运用渐变映射、变化、匹配颜色、替换颜色、色调均化调整图像色彩

说 明

本章主要通过 5 个综合案例和 14 个扩展案例来介绍图像的色调与色彩调整的具体运用。
重点要了解每个调整命令的特点，能够在实际运用中选择合适的图像色调、色彩调整命令。

在 Photoshop 中，图像的色调与色彩调整是一个非常重要的环节。图像色调与色彩的调整可以使原本平淡的图像变得丰富多彩，从而使原图像通过调整后达到用户所需要展现的意图。在学习本章内容之前，请将第一章中颜色模式部分的 RGB 颜色模式、CMYK 颜色模式、Lab 颜色模式、HSB 颜色模式内容回顾一下。这些颜色模式对于本章的学习很重要，在 Photoshop 中，所有的图像颜色、色调调整都是基于这些颜色模式的基础完成的。

在本章中，将通过实际案例操作，对色调与色彩调整由浅入深的进行学习。色调与色彩的调整是非常灵活多变的。在实际的运用过程中，需要读者能够通过学习的内容，多做练习，对色调与色彩调整达到更深层次的认识。

4.1　运用色阶、曲线等调整图像色调

4.1.1　案例效果

4.1.2　案例目的

通过该案例的学习，读者能够根据图像色调调整的需要选择相对应的色调调整命令，掌握各种色调调整命令的应用及区别。

4.1.3　案例分析

本案例主要介绍使用各种色调调整命令对图像进行色调调整。通过使用不同的调整命令，掌握色调调整命令的运用。该案例内容难易适当，步骤大致是：第 1 步打开图像文件；第 2 步【自动色调】调整图像；第 3 步【自动对比度】调整图像；第 4 步【亮度/对比度】调整图像；第 5 步【色阶】调整图像；第 6 步【曲线】调整图像；第 7 步【曝光度】调整图像；第 8 步【阴影/高光】调整图像。

4.1.4　技术实训

1．打开图像文件

启动 Photoshop CS4，打开本书配套素材 "Ph4/1.jpg" 文件。

2．【自动色调】调整图像

(1) 执行【图像】→【自动色调】命令，得到结果如图 4.1 所示。

(2) 执行【历史记录】 ▓ →【快照】 ▓ 命令，得到 "快照 1"。双击 "快照 1"，输入快

照名称："自动色调"。执行【编辑】→【后退一步】命令，返回到原始图像状态。以下均采用同样方式处理，不做详细描述。

3.【自动对比度】调整图像

(1) 执行【图像】→【自动对比度】命令，得到结果如图 4.2 所示。

图 4.1

图 4.2

(2) 建快照，命名："自动对比度"，返回原图。

4.【亮度/对比度】调整图像

(1) 执行【图像】→【调整】→【亮度/对比度】命令，弹出【亮度/对比度】对话框，具体参数设置如图 4.3 所示。

(2) 单击 确定 按钮，结果如图 4.4 所示。建快照，命名："亮度/对比度"，返回原图。

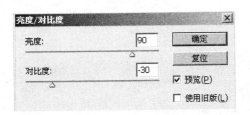
图 4.3

图 4.4

5.【色阶】调整图像

(1) 执行【图像】→【调整】→【色阶】命令，弹出【色阶】对话框，RGB 通道设置如图 4.5 所示，单独的通道输入色阶值为红：0、0.96、255，绿：0、1.21、255，蓝：0、1.47、201。也可通过拉动滑动点来调整图像色调。

(2) 单击 确定 按钮，结果如图 4.6 所示。新建快照，命名："色阶"，返回原图。

提示：在【色阶】对话框中，输入色阶中黑、灰、白三个滑动点对应的是图像中的黑场、灰场、白场。通过鼠标拖动其左右滑动，在整个通道模式下，改变的是图像整体暗部、灰部和亮部的变化；在单个色彩通道中，改变是其对应的色彩的暗部、灰部和亮部的变化。

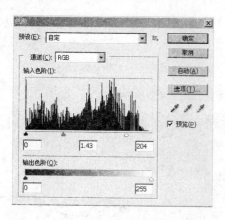

图 4.5

图 4.6

6.【曲线】调整图像

(1) 执行【图像】→【调整】→【曲线】命令，弹出【曲线】对话框，如图 4.7 所示。

(2) 选中 显示数量： ⊙ 光 (0-255)(L) 单选按钮，单击曲线，得到一个调整点，通过鼠标上下左右拖动，会发现其对应的图像区域色调会产生变化。删除该调整点只需拖动该点至调整框外或按 Del 键。本图中 RGB 通道共设置了 6 个调整点，其输入、输出值分别为：11、28，47、88，62、111，112、159，156、203，199、255。红色通道设置了 3 个调整点，其输入、输出参数：34、34，95、79，165、162。绿色通道设置了 2 个调整点，其输入、输出参数：0、9，77、108。蓝色通道设置了 3 个调整点，其输入、输出参数：1、20，58、107，187、247。也可通过拉动滑动点来调整图像色调。

(3) 单击 确定 按钮，结果如图 4.8 所示。新建快照，命名："曲线"，返回原图。

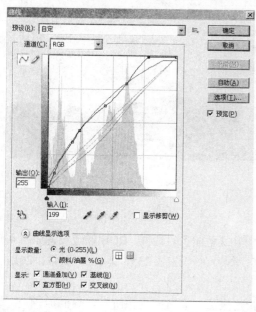

图 4.7

图 4.8

提示：在【曲线】对话框中，调整点的移动范围可以在其对应的通道的整个色彩范围内。当调动过大时，会和原始图像产生很大的反差，通常应用于对图像做一些特殊效果。

7.【曝光度】调整图像

(1) 执行【图像】→【调整】→【曝光度】命令，弹出【曝光度】对话框，具体参数如图 4.9 所示。

(2) 单击 确定 按钮，结果如图 4.10 所示。新建快照，命名："曝光度"，返回原图。

图 4.9

图 4.10

8.【阴影/高光】调整图像

(1) 执行【图像】→【调整】→【阴影/高光】命令，弹出【阴影/高光】对话框，具体参数如图 4.11 所示。

(2) 单击 确定 按钮，结果如图 4.12 所示。新建快照，命名："阴影/高光"，返回原图。

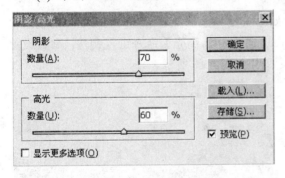

图 4.11

图 4.12

4.1.5　案例小结

通过各种色调调整命令调整后的效果和原图对比可以得到以下结论。

(1) 在实际运用中，【自动色调】、【自动对比度】最简单，【亮度/对比度】、【曝光度】、【阴影/高光】比较简单，【色阶】和【曲线】最为复杂。

(2)【自动色调】、【自动对比度】是 Photoshop 软件通过对图像综合分析得到的，没有可调性。【亮度/对比度】、【曝光度】、【阴影/高光】增加了一些可调性，主要体现在图像整体色调的调整。

(3)【色阶】和【曲线】在整体调整的基础上增加了对每个单独色彩通道的调整，使画面色调变化丰富。

(4)【色阶】采用递增递减的方法对整个图像或单独的色彩通道进行调整。【曲线】可以建立多个调整点，通过上下拖动来调整该点所示区域的色调变化。因此，【曲线】的调整变化比【色阶】要多得多，色调变化效果也多。

(5) 在进行图像色调调整时，根据调整意图，可有选择性地使用各色调调整命令。

4.1.6 举一反三

通过该案例的学习，读者在实际的使用中，要学会合理选择运用色调调整命令。

(1) 打开本书配套素材"Ph4/2.jpg"文件，如图 4.13 所示，要求通过调整将图像的主体更突出，其他不做修改。分析图像，根据要求，选择【亮度/对比度】命令进行调整。参数设置为【亮度】：+10，【对比度】：+60，效果如图 4.14 所示。

图 4.13   图 4.14

(2) 打开本书配套素材"Ph4/3.jpg"文件，如图 4.15 所示，要求通过调整将图像的整体明暗均化，其他不做修改。分析图像，根据要求，选择【阴影/高光】命令进行调整。参数设置为【阴影】：80，【高光】：20，其他为默认，效果如图 4.16 所示。

图 4.15   图 4.16

(3) 打开本书配套素材"Ph4/4.jpg"文件，如图 4.17 所示，要求通过调整将图像的红色主体更突出，其他不做修改。分析图像，根据要求，选择【色阶】命令来进行调整。通道为【RGB】输入色阶设置为：25、0.87、223，通道为【红】，输入色阶设置为：32、1.20、216，通道为【绿】，输入色阶设置为：42、1.10、204，通道为【蓝】，输入色阶设置为：51、1.56、253，输出参数均不变，效果如图 4.18 所示。

图 4.17　　　　　　　　　　　图 4.18

(4) 打开本书配套素材"Ph4/5.jpg"文件，如图 4.19 所示，要求通过调整图像的整体色调变为反差大、对比强烈、视觉冲击力强的效果。分析图像，根据要求，选择【曲线】命令来进行调整。本例中 RGB 通道设置了 3 个调整点，其输入、输出值分别为：23、138，161、42，242、172；红色通道设置了 4 个调整点，其输入、输出值分别为：14、66，61、117，169、184，220、173；绿色通道设置了 4 个调整点，其输入、输出值分别为：36、89，130、135，143、232，196、179；蓝色通道设置了 2 个调整点，其输入、输出值分别为：72、181，150、116。效果如图 4.20 所示。

图 4.19　　　　　　　　　　　　　　图 4.20

4.2　运用自然饱和度、色相/饱和度调整图像色彩

4.2.1　案例效果

4.2.2 案例目的

通过该案例的学习，读者能够根据图像色彩调整的需要选择相对应的色彩调整命令，掌握【自然饱和度】调整和【色相/饱和度】调整命令的应用及区别。

4.2.3 案例分析

本案例主要介绍使用【自然饱和度】调整命令和【色相/饱和度】调整命令对图像进行色彩调整。通过具体应用，掌握这两种色彩调整命令的使用。该案例内容难易适当，步骤大致是：第 1 步打开图像文件；第 2 步【自然饱和度】调整图像；第 3 步【色相/饱和度】调整图像。

4.2.4 技术实训

1. 打开图像文件

启动 Photoshop CS4，打开本书配套素材"Ph4/6.jpg"文件。

2.【自然饱和度】调整图像

(1) 执行【图像】→【调整】→【自然饱和度】命令，弹出【自然饱和度】对话框，参数设置如图 4.21 所示。在 自然饱和度(V): 输入值 50，或向右拖动滑条到输入框中显示值为+50，单击 确定 按钮，得到结果如图 4.22 所示。

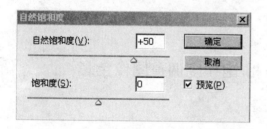

图 4.21   图 4.22

(2) 执行【历史记录】 → 【快照】 命令，得到"快照 1"。双击"快照 1"，输入快照名称："自然饱和度"。执行【编辑】→【后退一步】命令，返回到原始图像状态。以下均采用同样方式处理，不做详细描述。

(3) 重新打开【自然饱和度】对话框，参数设置如图 4.23 所示。单击 确定 按钮，得到结果如图 4.24 所示。

(4) 新建快照，命名："饱和度"，返回原图。

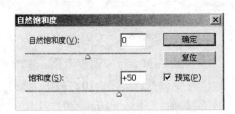

图 4.23　　　　　　　　　　　　　　　　图 4.24

3.【色相/饱和度】调整图像

(1) 执行【图像】→【调整】→【色相/饱和度】命令，弹出【色相/饱和度】对话框，参数设置如图 4.25 所示。

(2) 单击 确定 按钮，效果如图 4.26 所示。新建快照，命名："整体色相/饱和度"，返回原图。

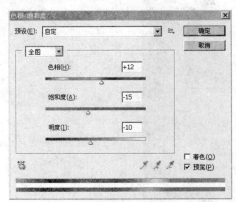

图 4.25　　　　　　　　　　　　　　　　图 4.26

(3) 重新打开【色相/饱和度】对话框，在 全图 的下拉列表中选择需要调整的颜色，如图 4.27 所示。

提示：在【色相/饱和度】对话框中，当选择某一色彩选项(如红色)，则如图 4.28 所示。按钮是在任何一种调整中均可使用的，单击 按钮，鼠标会显示 ，再单击所需调整区域，则会自动选择该区域的颜色名称。当单击该区域后鼠标不放，左右拖动可以改变图像中对应颜色的饱和度。315°/345°、15°\45° 对应表示的是 四个活动点当前参数。 表示当前选中颜色(红色)色彩范围(345°、15°)，左右拖动滑动点可改变选取颜色调整范围； 、 表示调整能够扩展到的范围(315°、45°)，左右拖动滑动点可改变当前选取颜色调整的扩展范围，多用于精确颜色调整。 对应为选取调整颜色、增加调整范围、减少调整范围，使用鼠标选择所需选项后，在图像中单击需要调整的区域，即可完成选择。

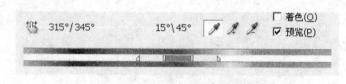

图 4.27   图 4.28

(4) 选择【红色】，对应色相、饱和度、明度参数：-35、+20、+30，对应调整范围：342°/350°、1°\9°(通过拖动滑动点 ◁ ▷ 得到)。选择【黄色】，对应参数：+4、+10、+10。选择【绿色】，对应参数：+30、+15、+10。选择【青色】，对应参数：-40、+10、-20。

(5) 单击 确定 按钮，效果如图 4.29 所示。新建快照，命名："细节色相/饱和度"，返回原图。

图 4.29

4.2.5　案例小结

通过【自然饱和度】调整命令、【色相/饱和度】调整命令调整后得到的效果对比，可以得到以下结论。

(1) 在【自然饱和度】调整命令中，增加自然饱和度，只会对图像中颜色不饱和的部分进行增加，而不改变颜色已经饱和的部分；减少自然饱和度，饱和度低的颜色不会发生改变，颜色反差细微；增加或减少饱和度，图像中的颜色饱和度会整体增加或减少，颜色反差较为明显。在【色相/饱和度】调整命令中，增加或减少饱和度选项，图像中的颜色反差非常明显。

(2)【自然饱和度】调整命令使用简单，只能够进行整体的调整。

(3)【色相/饱和度】调整命令可以对单独颜色区域进行色相、饱和度、明度调整，还可以通过扩展的方式对邻近颜色区域进行色相、饱和度、明度调整，甚至可以对单独颜色区域中的局部进行调整，图像色彩调整的范围非常大。

(4) 在使用【色相/饱和度】命令调整图像时，可根据图像中的整体色彩有选择性地进行调整。如在本案例的图像中，蓝色和洋红部分就没有进行调整。

4.2.6　举一反三

通过该案例的学习，读者在实际的使用中，要学会合理选择运用色彩调整命令。

(1) 打开本书配套素材"Ph4/7.jpg"文件，如图 4.30 所示，要求通过调整将图像的整体色彩变得饱满、浓郁，其他不做修改。分析图像，根据要求，选择【自然饱和度】命令进行调整。参数设置为【自然饱和度】：+70，【饱和度】：+30，效果如图 4.31 所示。

图 4.30　　　　　　　　　　　　　　　　　图 4.31

(2) 打开本书配套素材"Ph4/8.jpg"文件，如图 4.32 所示，要求通过调整将图像的整体色彩变化，突出色调对比，提高图像视觉效果。分析图像，根据要求，选择【色相/饱和度】命令进行调整。参数设置为【全图】：+13、+28、0，【红色】：+126、+36、0，【黄色】：−29、0、0，其他参数设置不变，效果如图 4.33 所示。

图 4.32　　　　　　　　　　　　　　　　　图 4.33

4.3 运用色彩平衡、通道混合器、可选颜色调整图像色彩

4.3.1 案例效果

4.3.2 案例目的

通过该案例的学习，要求读者能够根据图像色彩调整的需要选择相对应的色彩调整命令，掌握【色彩平衡】、【通道混合器】、【可选颜色】等调整命令的应用及区别。

4.3.3 案例分析

本案例主要介绍使用【色彩平衡】、【通道混合器】、【可选颜色】等调整命令对图像进行色彩调整。通过具体应用，掌握这3种色彩调整命令的使用。该案例内容难易适当，步骤大致是：第1步打开图像文件；第2步【色彩平衡】调整图像；第3步【通道混合器】调整图像；第4步【可选颜色】调整图像。

4.3.4 技术实训

1. 打开图像文件

启动 Photoshop CS4，打开本书配套素材"Ph4/9.jpg"文件。

2.【色彩平衡】调整图像

(1) 执行【图像】→【调整】→【色彩平衡】命令，弹出【色彩平衡】对话框，如图 4.34 所示。

(2) 选中 ⊙ 阴影(S) 单选按钮，通过左右拖动对应的滑动点，观察图像变化情况，本图值为 色阶(L): +7 -2 +20 ；选中 ⊙ 高光(H) 单选按钮，通过左右拖动对应的滑动点，观察图像变化情况，本图值为 色阶(L): +17 -15 +12 ；选中 ⊙ 中间调 单选按钮，通过左右拖动对应的滑动点，观察图像变化情况，本图值为 色阶(L): +7 -2 +20 ；单击 确定 按钮，得到结果如图 4.35 所示。

提示：在【色彩平衡】对话框中，一般先调整 ⊙ 阴影(S) 或 ⊙ 高光(H) 的色彩倾向，最后调整 ⊙ 中间调 的色彩倾向。多使用鼠标拖动滑动点，观察图像色彩变化，从而得到所需的色彩效果。选中 ☑ 保留明度 复选框选项，表示只调整色彩参数，不会改变原图像的明暗度。

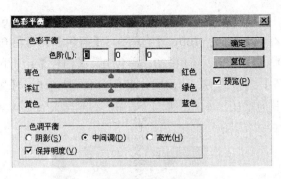

图 4.34

图 4.35

(3) 新建快照，命名："色彩平衡"，返回原图。

3.【通道混合器】调整图像

(1) 执行【图像】→【调整】→【通道混合器】命令，弹出【通道混合器】对话框，如图 4.36 所示。

(2) 在【输出通道：蓝】下拉列表中选择需要调整的颜色，通过左右拖动对应的滑动点，观察图像变化情况，得到需要效果的参数。本效果图参数为【输出通道：红】：红色+120、绿色 0、蓝色-20、常数 0，【输出通道：绿】：红色-20、绿色+120、蓝色-10、常数 0，【输出通道：蓝】：红色 0、绿色-30、蓝色+130、常数 0，其他不变，单击【确定】按钮，结果如图 4.37 所示。

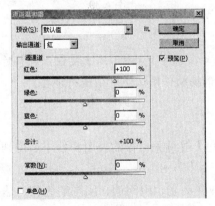

图 4.36

图 4.37

(3) 新建快照，命名："通道混合器"，返回原图。

提示：在【通道混合器】对话框中，对各通道进行调整时需注意其总和不可超过 100%，超过会显示⚠，表示该调整结果不能被打印输出。

4.【可选颜色】调整图像

(1) 执行【图像】→【调整】→【可选颜色】命令，弹出【可选颜色】对话框，如图 4.38 所示。

(2) 在【颜色】下拉列表中选择需要调整的颜色，通过左右拖动对应的滑动点，观察图像变化情况，得到需要效果的参数。本效果图参数为【红色】：青色-56、洋红+38、黄色-28、黑色+15，【黄色】：青色+90、洋红-30、黄色-25、黑色 0，【绿色】：青色+67、洋红-56、黄色+40、黑色+50，【青色】：青色+60、洋红-36、黄色-100、黑色+30，【蓝色】：青色 0、洋红 0、黄色 0、黑色 0，【洋红】：青色-30、洋红+20、黄色+20、黑色 0，【白色】：青色+27、洋红+23、黄色-20、黑色-20，【中性色】：青色-9、洋红 0、黄色-14、黑色 0，【黑色】：青色+16、洋红 20、黄色 20、黑色 0，其他默认，单击 确定 按钮，得到结果如图 4.39 所示。

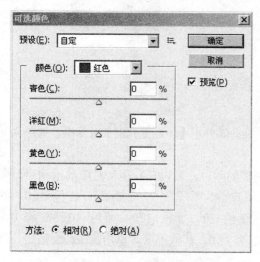

图 4.38

图 4.39

(3) 新建快照，命名："可选颜色"，返回原图。

提示：在【可选颜色】对话框 方法： ⊙ 相对(R) ○ 绝对(A) 中，选中 ⊙ 相对(R) 单选按钮，调整时会根据原图像来进行，选中 ⊙ 绝对(A) 单选按钮是依据软件默认绝对值进行调整。

4.3.5 案例小结

通过【色彩平衡】、【通道混合器】、【可选颜色】等调整命令的使用和使用后得到的效果对比，可以得到以下结论。

(1)【色彩平衡】：从图像的明暗度入手，通过改变高光、中间调、阴影的色相，达到对图像的色彩调整。人的视觉对明暗变化的感知能力比对色彩变化的感知能力要强得多。因此，使用【色彩平衡】对图像进行调整时，可对图像的调整结果具有一定的预知性。【色彩平衡】也是 Photoshop 中最常用的色彩调整命令。

(2)【通道混合器】：通过参数的调整对图像中各颜色通道中的颜色信息进行重新调整，达到对图像的色彩调整。【通道混合器】需要读者对图像的颜色模式(RGB、CMYK 等)有一定的认识和理解，运用时才能获得所需要的色彩调整结果。

(3)【可选颜色】：通过参数的调整对图像中单一色彩进行色彩倾向、明暗度的改变，达到对图像的色彩调整。【可选颜色】需要读者对图像的色彩构成变化具有敏锐的观察能力，运用时方能得心应手。

(4) 在使用过程中，可根据实际的需要，来选择相对应的调整命令。

4.3.6　举一反三

通过该案例的学习，读者在实际的使用中，要学会合理选择运用调色命令。

(1) 打开本书配套素材"Ph4/10.jpg"文件，如图 4.40 所示，要求将图像调整成看起来年代久远、沧桑的色彩感觉。分析图像，对其明暗灰各部分色调进行调整可得到要求效果，显然【色彩平衡】比较适合。因此，选择【色彩平衡】来进行本次调整。选择【阴影】、【高光】、【中间调】，拖动对应的滑动点，对比图像的变化。本图例参数为【阴影】：−78、−8、−54，【高光】：−12、−5、+17，【中间调】：+34、−52、+10，效果如图 4.41 所示。

图 4.40　　　　　　　　　　　　　　　图 4.41

(2) 打开本书配套素材"Ph4/11.jpg"文件，如图 4.42 所示，要求将图像中的绿色的叶子及枝茎变成偏橘红色的。分析图像，要求中对图像整体色彩变化较大，【色彩平衡】、【可选颜色】显然都不合适，【通道混合器】比较适合。因此，选择【通道混合器】来进行本次调整。选择输出通道【红】、【绿】、【蓝】，拖动对应的滑动点，对比图像的变化。参数为【红】：−70、+183、−13，【绿】：+137、−97、+60，【蓝】：−95、+26、+160，其他参数不变，效果如图 4.43 所示。

图 4.42　　　　　　　　　　　　　　　图 4.43

(3) 打开本书配套素材"Ph4/12.jpg"文件，如图 4.44 所示，要求将图像的色彩层次变化、空间前后层次感调整出来。分析图像，图像明暗度变化不大，色彩倾向不明显，因此使用【色彩平衡】、【通道混合器】都达不到要求的效果，【可选颜色】比较适合本次调整。因此，选择【可选颜色】来进行本次调整。选择【可选颜色】中对应颜色，拖动对应的滑动点，对比图像的变化。本图例参数为【红色】：青色 0、洋红+100、黄色 0、黑色 0，【黄色】：青色+100、洋红-100、黄色+60、黑色 0，【蓝色】：青色 0、洋红 0、黄色-30、黑色 0，【白色】：青色+91、洋红+79、黄色-63、黑色 0，【中性色】：青色+37、洋红+36、黄色-35、黑色-45，【黑色】：青色 0、洋红-17、黄色-20、黑色+30，其他参数不变，效果如图 4.45 所示。

图 4.44   图 4.45

4.4 运用黑白、去色、照片滤镜、反相、色调分离、阈值调整图像色彩

4.4.1 案例效果

4.4.2 案例目的

通过该案例的学习，读者能够根据图像色彩调整的需要选择相对应的色彩调整命令，掌握【黑白】、【去色】、【照片滤镜】、【反相】、【色调分离】、【阈值】等调整命令的应用及区别。

4.4.3 案例分析

本案例主要介绍使用【黑白】、【去色】、【照片滤镜】、【反相】、【色调分离】、【阈值】等调整命令对图像进行特殊色彩调整。通过具体应用，掌握这 6 种色彩调整命令的使用。该案例内容难易适当，步骤大致是：第 1 步打开图像文件；第 2 步【黑白】调整图像；第 3 步【去色】调整图像；第 4 步【照片滤镜】调整图像；第 5 步【反相】调整图像；第 6 步【色调分离】调整图像；第 7 步【阈值】调整图像。

4.4.4　技术实训

1. 打开图像文件

启动 Photoshop CS4，打开本书配套素材"Ph4/13.jpg"文件。

2.【黑白】调整图像

(1) 执行【图像】→【调整】→【黑白】命令，弹出【黑白】对话框，参数设置如图 4.46 所示。

(2) 单击　确定　按钮，得到结果如图 4.47 所示。

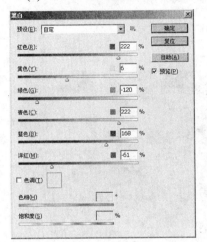

图 4.46

图 4.47

提示：在【黑白】对话框中，选中☑色调(T)复选框，则会通过其对应的调整创建单色调的图像。

(3) 新建快照，命名："黑白"，返回原图。

3.【去色】调整图像

(1) 执行【图像】→【调整】→【去色】命令，得到结果如图 4.48 所示。

(2) 新建快照，命名："去色"，返回原图。

4.【照片滤镜】调整图像

(1) 执行【图像】→【图像】→【照片滤镜】命令，弹出【照片滤镜】对话框，参数设置如图 4.49 所示。

(2) 单击　确定　按钮，得到结果如图 4.50 所示。

提示：在【照片滤镜】对话框中，选中◉颜色(C)单选按钮，则可通过选择调色板中的颜色来对当前图像施加对应的滤镜效果。

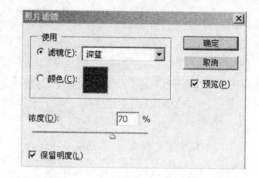

图 4.48   图 4.49

(3) 新建快照，命名："照片滤镜"，返回原图。

5.【反相】调整图像

(1) 执行【图像】→【调整】→【反相】命令，得到结果如图 4.51 所示。

(2) 新建快照，命名："反相"，返回原图。

提示：使用【反相】命令，原图的颜色信息不会丢失。

图 4.50   图 4.51

6.【色调分离】调整图像

(1) 执行【图像】→【调整】→【色调分离】命令，弹出【色调分离】对话框，参数设置如图 4.52 所示。

(2) 单击 确定 按钮，得到结果如图 4.53 所示。

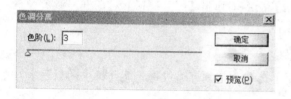

图 4.52   图 4.53

(3) 新建快照，命名："色调分离"。返回原图。

7. 【阈值】调整图像

(1) 执行【图像】→【调整】→【阈值】命令，弹出【阈值】对话框，参数设置如图 4.54 所示。

(2) 单击 确定 按钮，得到结果如图 4.55 所示。

(3) 新建快照，命名："阈值"，返回原图。

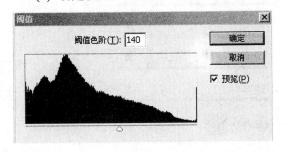

图 4.54

图 4.55

4.4.5　案例小结

通过【黑白】、【去色】、【照片滤镜】、【反相】、【色调分离】、【阈值】等调整命令的使用和使用后得到的效果对比，可以得到以下结论。

(1) 【黑白】：通过对原图中各颜色参数的调整，能够得到层次丰富的黑白图像，还能通过添加色调的方法得到一幅单色调的图像。

(2) 【去色】：只是单纯的去除原图像中的色彩信息，将其转化为对应的灰度值。如果做图像黑白或单色调调整，【黑白】调整命令是最佳选择。

(3) 【照片滤镜】：通过模拟相机拍摄中使用滤镜来改变原图的效果，也可通过拾色器选择颜色来进行。

(4) 【反相】：可使图像产生类似于照片底片的效果，该命令不会对原图的信息产生破坏。

(5) 【色调分离】：参数越大，对图像的改变越不明显；参数越小，色彩的对比越明显。

(6) 【阈值】：将图像转换为只有黑白对比的图像，原图中比调整灰度参数值暗的会变为黑色，比调整灰度参数值亮的会变成白色。

(7) 在使用过程中，可根据实际的需要，来选择相对应的调整命令。

4.4.6　举一反三

通过该案例的学习，读者在实际的使用中，要学会合理选择运用特殊调整命令。

(1) 打开本书配套素材 "Ph4/14.jpg" 文件，如图 4.56 所示，将该图像转化为层次丰富的蓝色单色调图像，参数设置如图 4.57 所示，结果如图 4.58 所示。

(2) 打开本书配套素材 "Ph4/15.jpg" 文件，如图 4.59 所示，通过调整，将该图变化为色调反差对比强烈的效果。大致步骤为：执行【选择】→【色彩范围】命令，打开【色彩范围】对话框，选择图中水的部分，参数如图 4.60 所示，选择【色调分离】值为 10；反选选区，执行【图像】→【调整】→【反相】命令，选择【色调分离】值为 5，结果如图 4.61 所示。

黑白

预设(E): 自定

红色(R): -77 %

黄色(Y): 19 %

绿色(G): 218 %

青色(C): -200 %

蓝色(B): -109 %

洋红(M): -59 %

☑ 色调(T)

色相(H): 212 °

饱和度(S): 84 %

确定
取消
自动(A)
☐ 预览(P)

图 4.56   图 4.57

图 4.58

图 4.59

(3) 打开本书配套素材 "Ph4/16.jpg" 文件, 如图 4.62 所示, 通过查找白场、黑场, 通过【色阶】改变原图偏灰的情况。大致步骤如下: 打开【调整】面板, 选择【阈值】面板, 如图 4.63 所示, 左右拖动滑点, 同时观察图像变化。当图像中的黑点最少时, 选择工具箱中的【颜色取样工具】, 放大画面, 单击黑点的部分, 取样; 再次拖动滑点, 当图像中天空的部分白点最少时, 单击白点的部分, 取样。单击【阈值】面板 图标, 删除【阈值】面板。打开【色阶】调整命令, 选择, 在图像中天空部分的取样点单击, 即可得到图像的白场; 选择, 单击图像中的另一个取样点, 即可得到图像的黑场。单击 确定 按钮, 完成操作, 结果如图 4.64 所示。

图 4.60

图 4.61

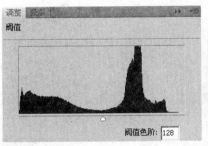

图 4.62

图 4.63

图 4.64

4.5 运用渐变映射、变化、匹配颜色、替换颜色、色调均化调整图像色彩

4.5.1 案例效果

4.5.2　案例目的

通过该案例的学习，读者能够根据图像色彩调整的需要选择相对应的色彩调整命令，掌握【渐变映射】、【变化】、【匹配颜色】、【替换颜色】、【色调均化】等调整命令的应用及区别。

4.5.3　案例分析

本案例主要介绍使用【渐变映射】、【变化】、【匹配颜色】、【替换颜色】、【色调均化】等调整命令对图像进行特殊色彩调整。通过具体应用，掌握这 5 种色彩调整命令的使用。该案例内容难易适当，步骤大致是：第 1 步打开图像文件；第 2 步【渐变映射】调整图像；第 3 步【变化】调整图像；第 4 步【匹配颜色】调整图像；第 5 步【替换颜色】调整图像；第 6 步【色调均化】调整图像。

4.5.4　技术实训

1．打开图像文件

启动 Photoshop CS4，打开本书配套素材"Ph4/17.jpg"文件。

2．【渐变映射】调整图像

(1) 执行【图像】→【调整】→【渐变映射】命令，弹出【渐变映射】对话框，如图 4.65 所示。单击其渐变区域，打开【渐变编辑器】对话框，参数设置如图 4.66 所示。

图 4.65

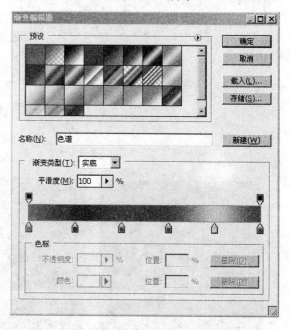

图 4.66

提示：选中 ☑ 仿色(D) 复选框可随机添加杂色来平滑简便填充的效果，选中 ☑ 反向(R) 复选框将当前的渐变映射反向作用于原图。在【渐变编辑器】对话框中，可通过添加色标和改变中点位置等方法来创建新的渐变映射。

(2) 单击 ▢确定 按钮，返回到【渐变映射】对话框。单击 ▢确定 按钮，得到结果如图 4.67 所示。

(3) 新建快照，命名："渐变映射"，返回原图。

(4) 再次执行渐变参数相同的渐变映射，在【渐变映射】对话框中选中 ☑反向(R) 复选框。单击 ▢确定 按钮，得到结果如图 4.68 所示。

图 4.67　　　　　　　　　　　　　　　　图 4.68

(5) 新建快照，命名："反向渐变映射"，返回原图。

3.【变化】调整图像

(1) 执行【图像】→【调整】→【变化】命令，弹出【变化】对话框，如图 4.69 所示。选中 ⊙阴影(A) 单选按钮，单击【加深洋红】4 次，单击【加深青色】3 次，对比对话框中【原稿】和【当前挑选】的变化；选中 ⊙高光(I) 单选按钮，单击【加深蓝色】4 次，单击【加深绿色】2 次，单击【较暗】4 次，对比对话框中【原稿】和【当前挑选】的变化；选中 ⊙饱和度(T) 单选按钮，单击【增加饱和度】2 次，对比对话框中【原稿】和【当前挑选】的变化；其他设置均不变，结果如图 4.70 所示。

(2) 新建快照，命名："变化"，返回原图。

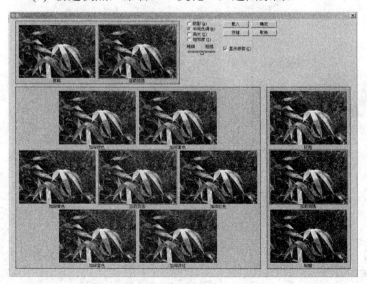 

图 4.69　　　　　　　　　　　　　　　　图 4.70

4.【匹配颜色】调整图像

(1) 打开本书配套素材"Ph4/18.jpg"文件。单击图像"5.jpg",使其成为当前编辑图像。执行【图像】→【调整】→【匹配颜色】命令,弹出【匹配颜色】对话框,参数设置如图 4.71 所示,结果如图 4.72 所示。

提示:

(1) 如当前图像或图层中建立有选区时,则匹配颜色只对选区内图像进行;如需对整个当前图像或图层进行匹配颜色,则应在匹配时选中 ☑ 应用调整时忽略选区(I) 复选框。

(2) 当前图像或图层中有选区,匹配源图像或图层中也有选区时,会出现 ☑ 使用源选区计算颜色(R) 和 ☑ 使用目标选区计算调整(T) 的复选框。选中其中任意一项,表示使用该图像或图层的选区内容进行计算颜色。两项都不选中时,则当前图像或图层和源图像或图层进行颜色匹配。

(3) 匹配源可以是 Photoshop 打开的其他图像文件,也可以是当前的图像文件。

(4) 如果匹配源是多图层图像文件时,在 图层(A): 的下拉列表中可选择合并的(源图像整体合并后的颜色)或其中的某一图层。

图 4.71

图 4.72

(2) 新建快照,命名:"匹配颜色",返回原图。

5.【替换颜色】调整图像

(1) 执行【图像】→【调整】→【替换颜色】命令,弹出【替换颜色】对话框,参数设置如图 4.73 所示,结果如图 4.74 所示。

(2) 新建快照,命名:"替换颜色",返回原图。

图 4.73

6. 【色调均化】调整图像

(1) 执行【图像】→【调整】→【色调均化】命令，结果如图 4.75 所示。

图 4.74

图 4.75

(2) 新建快照，命名："色调均化"，返回原图。

4.5.5 案例小结

通过【渐变映射】、【变化】、【匹配颜色】、【替换颜色】、【色调均化】等调整工具的使用和使用后得到的效果对比，可以得到以下结论。

(1)【渐变映射】：以渐变的色彩依次代替原图像的色彩。具体为：在打开的【渐变编辑器】中，渐变条中左边的颜色向右顺序代替原图暗部色彩，中间部分向右顺序代替原图的灰部色彩，右边的颜色代替原图的亮部色彩。类似于将原图执行【去色】后，再进行【渐变映射】的效果。

(2)【变化】：通过在其对话框中相应位置单击的方式，对图像的阴影、中间色调、高光进行加深颜色；提亮或减暗图像的阴影、中间色调、高光的明度；加深或减弱图像的饱和度。类似于【色相/饱和度】命令，相对来说，【变化】命令更加直观、形象，不足之处是不能够进行细微的调整。

(3)【匹配颜色】：通过调整，可以将当前图像或图层与源图像或图层在色彩、色调上保持一定的统一性。当需要制作一些色彩、色调具有统一性的图像时，【匹配颜色】命令是非常有用的。

(4)【替换颜色】：该命令实际上是综合了【色彩范围】命令和【色相/饱和度】命令中的【全图】调整选项。

(5)【色调均化】：将图像的整体色调平均化，图像最亮的部分呈现白色，最暗的部分呈现黑色，其他部分则均匀分布。

(6)在使用过程中，可根据实际的需要，来选择相对应的调整命令。

4.5.6 举一反三

通过该案例的学习，读者在实际的使用中，要学会合理选择运用特殊调整命令。

(1) 打开本书配套素材"Ph4/19.jpg"文件，如图 4.76 所示，通过使用【渐变映射】将该图像处理成具有怀旧风格的色调。大致步骤：执行【渐变映射】命令，单击渐变条打开【渐变编辑器】对话框，设置 8 个色标的参数为颜色(R：50，G：77，B：68)，位置 0%，颜色(R：51，G：61，B：13)，位置 19%，颜色(R：50，G：82，B：82)，位置 32%，颜色(R：86，G：110，B：70)，位置 49%，颜色(R：152，G：143，B：115)，位置 68%，颜色(R：91，G：135，B：110)，位置 79%，颜色(R：139，G：177，B：159)，位置 92%，颜色(R：179，G：196，B：208)，位置 100%，其他参数选项设置均不做改变，效果如图 4.77 所示。

图 4.76

图 4.77

(2) 打开本书配套素材 "Ph4/20.psd" 文件，如图 4.78 所示，将该图像文件中的 "图层 0" 与 "图层 1" 进行匹配颜色，达到改变 "图层 0" 的整体色彩色调。大致步骤：选择 "图层 0"，执行【图像】→【调整】→【匹配颜色】命令，打开【匹配颜色】对话框。在【源】的下拉列表中选择当前图像文件名，在【图层】下拉列表中选择 "图层 1"。其他参数选项设置均为默认，效果如图 4.79 所示。

图 4.78

图 4.79

第 5 章　图层和蒙版

 技能点

1. 图层的认识
2. 图层样式
3. 图层混合模式
4. 新建填充图层和图层基本操作
5. 调整图层
6. 蒙版的使用
7. 剪贴蒙版与矢量蒙版

 说　明

　　本章通过 7 个案例来介绍图层的一些基础知识和图层的具体应用。重点要掌握新建填充图层和调整图层，并能灵活运用。

在 Photoshop 软件中，图层是一个极具特色且非常重要的概念，这一概念几乎贯穿了所有图形图像软件。图层类似于一张一张叠起来的透明胶片，每张上可以有不同的画面，将所有胶片按顺序叠加起来就形成了最终的图像效果。

5.1 认 识 图 层

5.1.1 案例效果

5.1.2 案例目的

通过本案例的学习，读者可初步了解【图层】基本的应用，掌握两张图片换背景的操作方法。

5.1.3 案例分析

本案例用具体的操作过程，让读者了解【图层】的操作，两张不同的图片进行合成，达到移花接木的效果。将人物移到另一图片时，注意比例大小要与新背景相协调。该案例大致步骤是：第 1 步打开两张素材文件；第 2 步选取素材"2.psd"中的人物；第 3 步将人物移到素材"1.jpg"并调整人物大小及位置；第 4 步保存效果图。

5.1.4 技术实训

1. 打开两张素材文件

打开本书配套素材"Ph5/1.jpg"文件和"Ph5/2.psd"文件，如图 5.1、图 5.2 所示。

图 5.1

图 5.2

2. 选取素材 "2.psd" 中的人物

(1) 单击素材 "2.psd" 文件，执行【窗口】→【图层】命令或者按 F7 键打开【图层】面板，如图 5.3 所示。

(2) 单击 "图层 1"，确定它为当前图层，按住 Ctrl 键，单击图层缩览图选取人物，如图 5.4 所示。

3. 将图层 1 的人物拷贝到 "1.jpg" 文件，并调节人物大小及位置

(1) 选择人物后，按 Ctrl+C 组合键，复制人物。

(2) 回到 "1.jpg" 文件，按 Ctrl+V 组合键，粘贴人物图层。

(3) 另一种方法：在 "2.psd" 文件窗口单击 "图层 1"，选择【移动工具】，直接按住鼠标在人物将图层拖到 "1.jpg" 中。

图 5.3

图 5.4

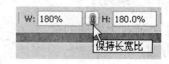

图 5.5

(4) 按 Ctrl+T 组合键，进行自由变换，在属性栏中单击【保持长宽比】按钮，设置为 180%，将人物放大一些，如图 5.5 所示。用【移动工具】调整好位置，如图 5.6 所示。

4. 保存文件

执行【文件】→【存储为】命令，选择保存路径，输入【文件名】"效果图.jpg"，【格式】选择 "JPEG" 格式保存，如图 5.7 所示。

图 5.6

图 5.7

5.1.5　案例小结

本案例主要介绍了图层的一些基本操作方法。读者通过该案例的学习，掌握利用图层来进

行不同图片换背景的操作。掌握这些操作方法，便可灵活运用于生活照片的处理。其他方面的创作与设计也常用到这个方法。

5.1.6　举一反三

打开本书配套素材"Ph5/3.jpg"文件和"Ph5/4.jpg"文件，如图 5.8、图 5.9 所示。将两图片合成，结果以如图 5.10 所示，"鱼缸.jpg"为名保存。

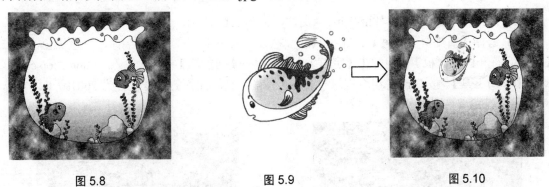

图 5.8　　　　　　　　　　图 5.9　　　　　　　　　　图 5.10

5.2　利用图层样式制作艺术字

5.2.1　案例效果

5.2.2　案例目的

通过本案例的学习，读者可了解【图层样式】中各项参数的设置，掌握制作艺术文字的方法。

5.2.3　案例分析

本案例用具体的操作过程，让读者了解如何制作艺术字以及学习设置【图层样式】中的各项参数，明白各参数所代表的意思。本例中的艺术字运用了投影、内阴影、内外发光、斜面和浮雕以及渐变叠加。该案例大致步骤是：第 1 步在背景图片中输入文字；第 2 步添加渐变叠加效果；第 3 步添加投影与内阴影效果；第 4 步添加内发光效果；第 5 步添加外发光效果；第 6 步添加斜面和浮雕效果；第 7 步保存文件。

5.2.4 技术实训

1. 在背景图片中输入文字

(1) 打开本书配套素材"Ph5/5.jpg"文件，如图 5.11 所示。

(2) 选择【横排文字工具】，在工具属性栏设置大小 15 点，Arial 字体，颜色黑色，单击【切换字符和段落面板】按钮弹出【字符】面板，单击【仿加粗】按钮。输入"Photoshop cs4"，选择【移动工具】，按 Ctrl+T 组合键进行自由变换，工具属性栏的高度设置为 200% H: 200.0%，效果如图 5.12 所示。

图 5.11

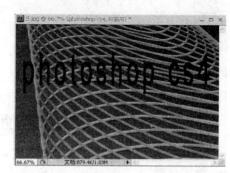

图 5.12

2. 添加【渐变叠加】效果

单击【图层】面板的【添加图层样式】按钮，如图 5.13 所示。选择"渐变叠加"，弹出【图层样式】对话框，设置如图 5.14 所示。

图 5.13

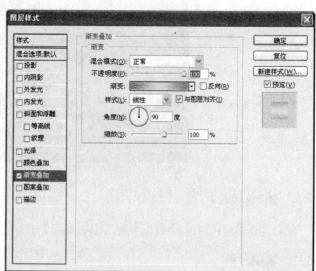

图 5.14

3. 添加【投影】与【内阴影】效果

选中【投影】复选框,设置投影效果,参数如图 5.15 所示;选中【内阴影】复选框,设置内阴影效果,内阴影颜色(R:255,G:102,B:51),其他参数如图 5.16 所示。

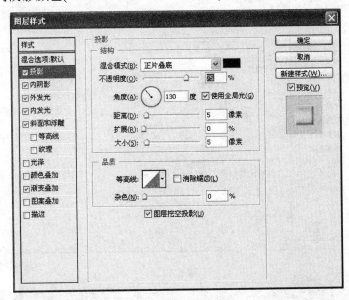

图 5.15

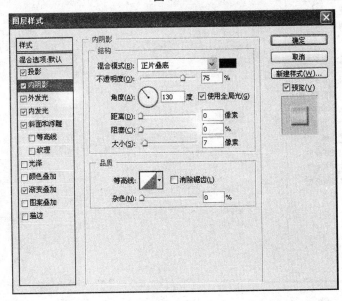

图 5.16

4. 添加【内发光】效果

选中【内发光】复选框,设置内发光的发光颜色(R:255,G:204,B:204),其他参数如图 5.17 所示。

5. 添加【外发光】效果

选中【外发光】复选框,如图 5.18 所示设置外发光的各项参数。

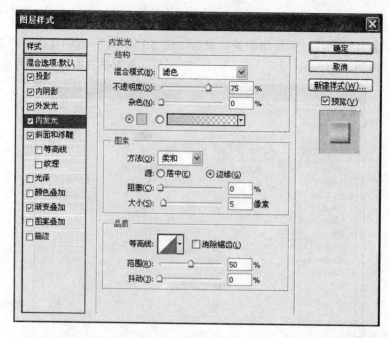

图 5.17

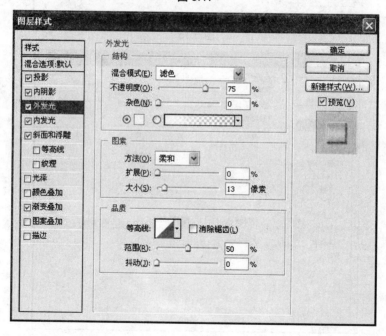

图 5.18

6. 添加【斜面】和【浮雕】效果

选中【斜面和浮雕】复选框，如图 5.19 所示设置斜面与浮雕的各项参数。

7. 保存文件

单击【确定】按钮，效果如图 5.20 所示，结果以"艺术字.jpg"为名保存。

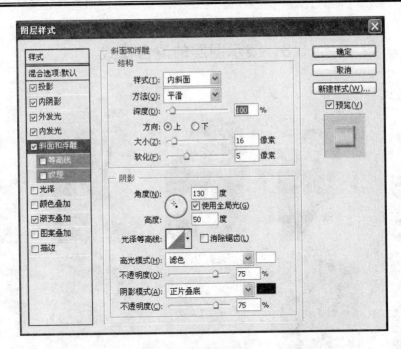

图 5.19

图 5.20

5.2.5　案例小结

本案例主要介绍了【图层样式】的各项设置。读者通过该案例的学习，对【图层样式】中的各个参数设置有所了解，并能运用于实例中。

5.2.6　举一反三

根据上面所学内容，可输入自己的姓名或者是其他任意字符，改变颜色、发光等属性制作字体的各种艺术效果。

5.3 演示图层的混合模式

5.3.1 案例效果

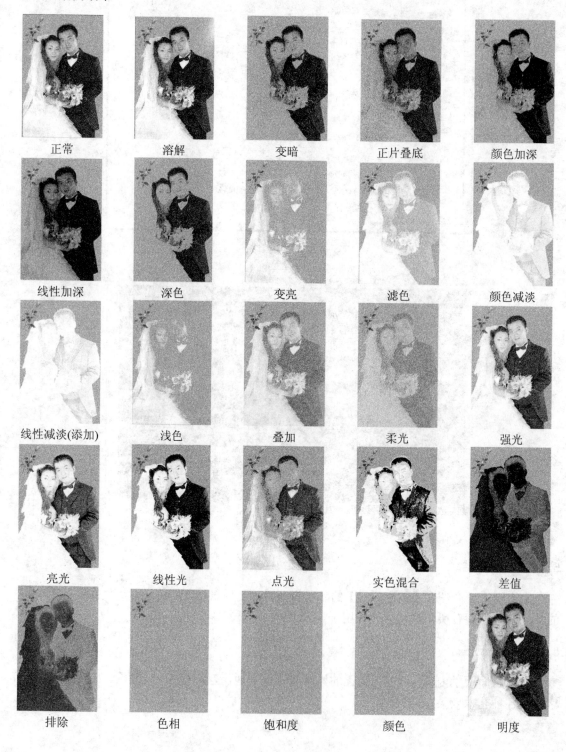

正常　　　　溶解　　　　变暗　　　　正片叠底　　　颜色加深

线性加深　　　深色　　　　变亮　　　　滤色　　　　颜色减淡

线性减淡(添加)　浅色　　　　叠加　　　　柔光　　　　强光

亮光　　　　线性光　　　　点光　　　　实色混合　　　差值

排除　　　　色相　　　　饱和度　　　　颜色　　　　明度

5.3.2　案例目的

通过本案例的学习，读者可了解【图层混合模式】的 25 种不同模式下，图层产生的各种效果。

5.3.3　案例分析

本案例用同一张图片作出各种混合模式的效果，更有助于读者在比较中学习，明白各种模式产生的效果。该案例的步骤比较简单大致是：第 1 步打开图片；第 2 步执行各种混合模式。"背景"层与"玫瑰花"层不作任何处理，起对比作用。

5.3.4　技术实训

1. 打开素材文件

打开本书配套素材"Ph5/6.psd"文件，如图 5.21 所示。

2. 对【人物】图层执行各种图层混合模式

单击"人物"图层，如图 5.22 所示。单击【设置图层的混合模式】的下三角按钮，弹出的下拉列表如图 5.23 所示。案例中的 25 个效果图就是按顺序执行的。

図 5.21　　　　　図 5.22　　　　　図 5.23

5.3.5　案例小结

本案例主要介绍了【图层混合模式】中各种模式的显示效果。读者通过该案例的学习，对 Photoshop CS4 自带的 25 种模式有所了解。

5.3.6 举一反三

打开本书配套素材"Ph5/7.psd"文件，如图 5.24 所示，根据所学内容，将"人物"图层设置各种不同的混合模式。

图 5.24

5.4 新建填充图层和图层基本操作

5.4.1 案例效果

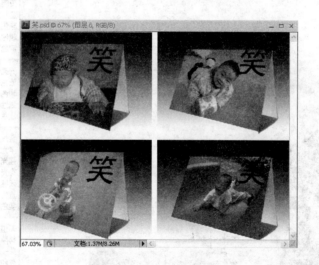

5.4.2 案例目的

通过本案例的学习，读者可了解新建填充图层和图层的基本操作。

5.4.3 案例分析

本案例用具体的操作过程，让读者了解如何在一个空白文件内添加各种图层，知道【新建填充图层】的操作和图层比较多时如何处理，掌握图层的新建、删除、链接与合并的方法，能在图层中用【创建新组】将图片归类。该案例大致步骤是：第 1 步创建新文件；第 2 步创建渐变图层；第 3 步移入新图层；第 4 步打开 4 张图片放入相应位置；第 5 步保存文件。

5.4.4 技术实训

1. 建立新文件

启动 Photoshop CS4，执行【文件】→【新建】命令或者按 Ctrl+N 组合键，创建大小为 800 像素×600 像素的文件，如图 5.25 所示，单击【确定】按钮。

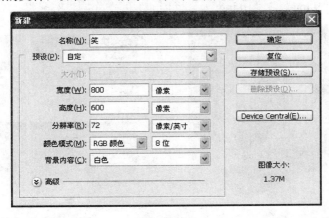

图 5.25

2. 创建渐变图层

单击【图层】面板的【创建新图层】按钮，即新建了一个图层。执行【视图】→【标尺】命令，显示标尺，选择【矩形选框工具】，在画面左上角约占 1/4 处画一个矩形选框。选择工具箱中的【渐变工具】，在工具属性栏中选择【线性渐变】：。按住 Shift 键，在矩形选框中从下往上拉，得到一个渐变填充图层，取消选择。将"图层 1"拖到【创建新图层】按钮处，复制另外 3 个填充图层，然后将它们移动到相应的位置，如图 5.26 所示。

3. 移入新图层

打开本书配套素材"Ph5/12.psd"文件，将该文件中的"图层 1"移到"笑"文件中去，生成"图层 2"，复制另外 3 个图层并调整其位置(调整图层位置时，按住 Ctrl+方向键可进行微调)，如图 5.27 所示。

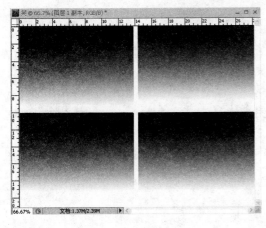

图 5.26

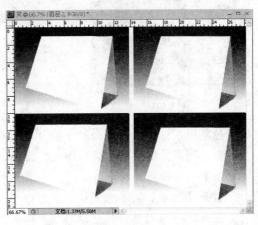

图 5.27

4. 把 4 张图片放入相应位置

打开本书配套素材"Ph5/8.jpg"、"Ph5/9.jpg"、"Ph5/10.jpg"、"Ph5/11.jpg"文件，将"8.jpg"移到"笑"文件中，按 Ctrl+T 组合键进行自由变换，右击，选择快捷菜单中的【扭曲】命令，将图片中的 4 个角对着"图层 2"白色面板的 4 个角放置，如图 5.28 所示，双击可退出编辑状态。"9.jpg"、"10.jpg"、"11.jpg"的操作同"8.jpg"，结果如图 5.29 所示。

图 5.28

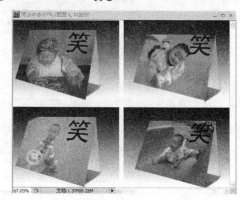

图 5.29

说明：删除图层：如果图层操作错误需删除，选择该图层后右击，选择快捷菜单中的【删除图层】命令或者直接将图层拖到【图层】面板的【删除图层】按钮 。

图层的锁定：【锁定】面板中的 4 个按钮 锁定: 分别是：锁定透明像素，锁定图像像素，锁定位置及锁定全部。起锁定像素及位置不变的作用。

图层的链接：按住 Ctrl 键单击需链接的图层后，单击【图层】面板【链接】按钮下方 ，或者右击选择快键菜单中的【链接图层】命令。该例中几个图层链接在一起，链接后可一起移动，形成一个整体，如图 5.30 所示。

图层中的组：【图层】面板的【创建新组】按钮 ，"组"可方便隐藏同类项目，便于管理，一目了然，如图 5.31 所示放置同类型的相片，单击文件夹左边三角形可折叠起来，如图 5.32 所示。

图 5.30

图 5.31

图 5.32

隐藏图层：【图层】面板中的 图标是指示图层的可见性，单击则隐藏了图层。

合并图层：将两个图层并作一个图层，选定当前图层右击，选择快捷菜单中的【合并图层】命令即可。

打开【图层】菜单也可执行这些命令。

图层顺序的调整：将鼠标移到要调整的图层，按住鼠标拖动到目的地即可。

【图层】面板中 不透明度: 100% 指图层总体不透明度，填充: 100% 指图层内部不透明度。将图层 6 即"8.jpg"移入后的图层内部不透明度降到 90%，因为这张相片颜色稍微深了一点。如 填充: 90% 所示。

5. 保存文件

结果以"笑.jpg"保存，如图 5.29 所示。

5.4.5　案例小结

本案例主要介绍了将 4 张小孩子相片编辑到一张图片中的制作。读者通过该案例的学习，能掌握多个图层的处理，弄清楚图层之间的关系，案例中还介绍了【图层】的一些其他知识。

5.4.6　举一反三

根据所学内容，打开本书配套素材"Ph5/框.jpg"、"Ph5/春.jpg"、"Ph5/夏.jpg"、"Ph5/秋.jpg"、"Ph5/冬.jpg"文件，完成图像的合并，效果如图 5.33 所示。

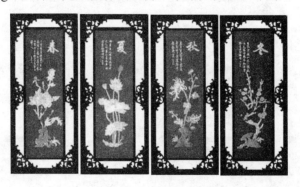

图 5.33

5.5　创建调整图层

5.5.1　案例效果

5.5.2 案例目的

通过本案例的学习，读者可了解图层调整的操作，掌握多种图层调整的方法。

5.5.3 案例分析

本案例用具体的操作过程，让读者了解如何建立新的调整图层,在创建的调整图层中进行各种色彩调整。效果与对图像执行色彩调整命令相同，调整后还可以随时修改，不用担心会损坏原来的图像。该案例大致步骤是：第 1 步打开素材文件；第 2 步【色阶】调整图层；第 3 步【色彩平衡】调整图层；第 4 步保存文件。

5.5.4 技术实训

1. 打开素材文件

打开本书配套素材"Ph5/13.jpg"文件，图片颜色偏暗，色调有点偏红色，需作调整，如图 5.34 所示。

2. 图层添加"色阶"调整

在【图层】面板中单击【创建新的填充或调整图层】按钮，选择【色阶】命令，如图 5.35 所示。在对话框中输入色阶的中间值和高光值分别为：1.18 和 215，如图 5.36 所示，图像得到的效果明显变亮了。

  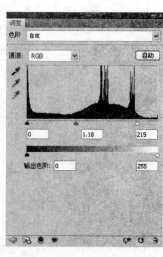

图 5.34   图 5.35   图 5.36

3. 图层添加"色彩平衡"调整图层

在【图层】面板中单击【创建新的填充或调整图层】按钮，选择【色彩平衡】命令，在第一个文本框中输入-55，图像就不会偏红色了。设置参数如图 5.37 所示，【图层】面板中的显示如图 5.38 所示，效果如图 5.39 所示。

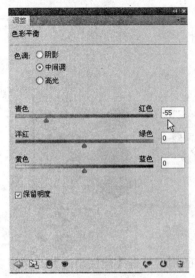

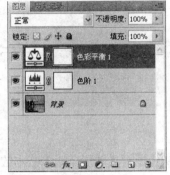

图 5.37　　　　　　　　　　图 5.38　　　　　　　　　　图 5.39

4．保存文件

结果以"调整图层.psd"为名保存。

5.5.5　案例小结

本案例主要介绍了图片颜色偏暗，色彩偏红时如何通过调整图层来进行调整。读者通过该案例的学习，知道【色阶】与【色彩平衡】的调整图层如何操作，以此类推也要知道其他调整图层的操作。

5.5.6　举一反三

根据所学内容，打开本书配套素材"Ph5/15.jpg"文件，如图 5.40 所示进行【自然饱和度】，【色彩平衡】，【色阶】的图层调整，效果如图 5.41 所示。

图 5.40　　　　　　　　　　　　　　　　　图 5.41

5.6 创建图层蒙版

5.6.1 案例效果

5.6.2 案例目的

通过本案例的学习，读者可初步了解【图层蒙版】基本的应用，掌握【图层蒙版】的操作技巧。

5.6.3 案例分析

本案例用具体的操作过程，让读者看到两张图片之间，如何通过【图层蒙版】来实现图层之间物体的显示。该案例大致步骤是：第 1 步打开两张素材文件；第 2 步将图片移至同一个文件；第 3 步添加图层蒙版；第 4 步保存文件。

5.6.4 技术实训

1. 打开两张素材文件

打开本书配套素材"Ph5/番茄.jpg"文件和素材"Ph5/菜花.jpg"文件，如图 5.42 及图 5.43 所示。

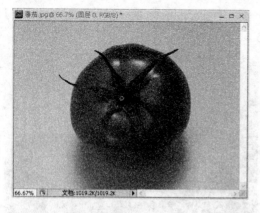

图 5.42

图 5.43

2. 将图片移到同一个文件中

用【移动工具】将"番茄.jpg"移到"菜花.jpg"文件中，自动生成"图层 1"，尽量让"番茄"显示在"菜花"图的中间，如图 5.44 所示。双击"背景"图层，弹出如图 5.45 所示的对话框，单击【确定】按钮，生成"图层 0"，"背景"层就变为一般图层。将"图层 1"移到"图层 0"的下方，如图 5.46 所示。

图 5.44　　　　　　　　　　图 5.45　　　　　　　　　　图 5.46

3. 添加图层蒙版

选择"图层 0"为当前图层，单击【图层】面板的【添加图层蒙版】按钮，如图所示。前景色为黑色，背景色为白色，选择画笔 19，在"菜花.jpg"文件的中间部分涂抹，即可看见"图层 1"中的番茄。处理番茄的边缘位置时可按左中括号键和右中括号键调节画笔的大小，直至番茄全部显示。在操作过程中，难免会将黄色背景也显示，如图 5.47 所示。这时须切换前景色和背景色，前景色调成白色，图像显示比例放大到 100%(图像放大后调整边缘的地方会比较准确)。图像比例放大后，画笔的直径要调小些，将番茄周围的黄色背景慢慢涂抹，直到全部去掉。如操作中不小心涂抹到番茄，那就再切换前景色和背景色，重新将番茄显示出来，如图 5.48 所示。

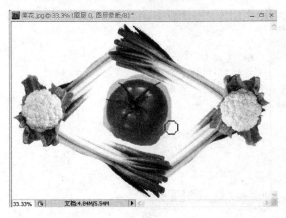
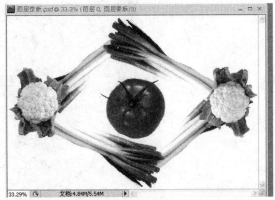

图 5.47　　　　　　　　　　　　　　图 5.48

4. 保存文件

结果以"图层蒙版.psd"为名保存。

5.6.5　案例小结

本案例主要介绍了一个很简单的图层蒙版的例子，读者通过该案例的学习，对蒙版有一个初步的了解，明白蒙版的原理，掌握快速蒙版的基本操作方法。

5.6.6 举一反三

根据所学内容，打开本书配套素材"Ph5/15.jpg"和素材"Ph5/16.jpg"文件，如图5.49、图5.50所示，根据所学内容，完成制作，效果如图5.51所示

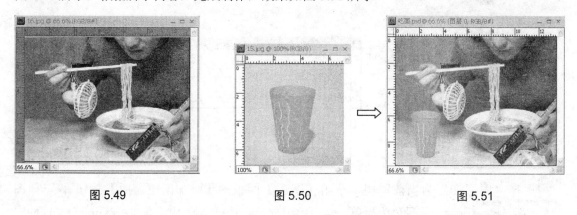

图5.49　　　　　　　　　图5.50　　　　　　　　　图5.51

5.7　制作剪贴蒙版与矢量蒙版

5.7.1 案例效果

5.7.2 案例目的

通过本案例的学习，读者可学习使用图形工具来绘制图形，剪贴蒙版命令制作遮罩效果，矢量图制作蒙版的遮罩区。

5.7.3 案例分析

本案例用具体的操作过程，让读者明白剪贴蒙版和矢量蒙版。以"大鱼吃小鱼"为主题的图片融合多个知识点，读者要理解这些命令并灵活运用于其他图片的制作。该案例大致步骤是：第1步打开3张素材文件；第2步【矩形工具】画矩形；第3步调整图层样式；第4步复制一

个形状图层；第 5 步移动图片；第 6 步创建两个剪贴蒙版；第 7 步移动第 3 张图片；第 8 步添加"鱼形"形状工具；第 9 步填充鱼眼睛；第 10 步保存文件。

5.7.4　技术实训

1．打开 3 张素材文件

打开本书配套素材"Ph5/17.jpg"、"Ph5/18.jpg"和"Ph5/19.jpg"，如图 5.52、图 5.53、图 5.54 所示。

图 5.52

图 5.53

图 5.54

2．用【矩形工具】画矩形

设置前景色为白色，在文件"17.jpg"中，选择【矩形工具】并在属性栏中设置为【形状图层】，在图片的左下角画出一个矩形，按 Ctrl+T 组合键进行自由自动变换，在角度属性中输入"–12" 度单击【进行变换】按钮，效果如图 5.55 所示，【图层】面板显示如图 5.56 所示。

图 5.55

图 5.56

3．调整图层样式的设置

(1) 选择"形状 1"为当前图层，单击【图层】面板的【添加图层样式】按钮。

(2) 进行【投影】与【描边】的设置，注意描边颜色为白色，像素大小为 5 像素，具体参数如图 5.57 和 5.58 所示.

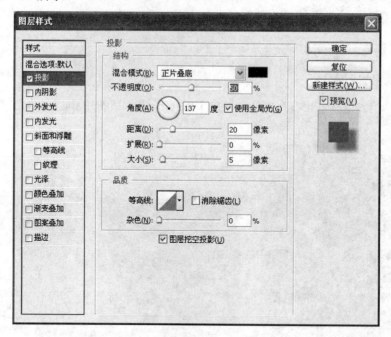

图 5.57

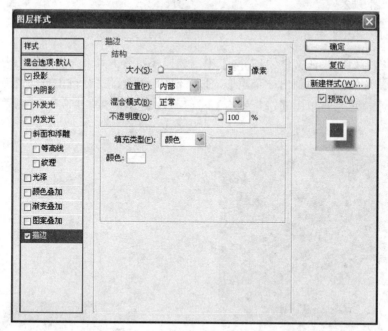

图 5.58

4. 复制一个形状图层

(1) 将"形状 1"图层拖到【图层】面板的【创建新图层】按钮，得到"形状 1 副本"图层。

(2) 按 Ctrl+T 组合键进行自由变换，在角度属性中输入"−12" 度，该图层自由变换旋转−12 度。

(3) 单击"形状 1 副本"左侧的眼睛，关闭该图层的可见性。

5. 移动图片到"17.jpg"中

(1) 将"18.jpg"文件用【移动工具】移到"17.jpg"文件中生成"图层 1"，并调整位置遮住形状图层。

(2) 将"图层 1"拖到"形状 1"图层上方。

(3) 按住 Alt 键，将鼠标移到"图层 1"和"形状 1"图层的中间，当出现 图标时单击，即可得到如图 5.59 所示的效果。

6. 创建两个剪贴蒙版

(1) 单击【形状 1 副本】图层左侧的眼睛，使其变成可见。

(2) 将"19.jpg"文件用【移动工具】移到"17.jpg"文件生成"图层 2"。

(3) 将"图层 2"拖到【形状 1 副本】图层上方，并调整到合适的位置，做完剪贴蒙版后"图层 2"中"大鱼吃小鱼"的图片一定要完整的露出鱼头部分，鱼身部分灵活移动。

(4) 按住 Alt 键，将鼠标移到"图层 2"和"形状 1 副本"图层的中间，当出现 图标时单击，即可得到如图 5.60 所示的效果，【图层】面板如所 5.61 所示。

图 5.59

图 5.60

图 5.61

提示：如果剪贴过程中出错，或者是剪贴时图片位置不适当，可撤销剪贴蒙版的操作。将鼠标移到"图层 2"和"形状 1 副本"图层的中间，当出现 图标时单击即撤销剪贴蒙版的操作，稍作调整后又可重新再做。

7. 移动第 3 张图片到"17.jpg"中

(1) 打开本书配套素材"Ph5/20.jpg"文件，如图 5.62 所示。

(2) 在【图层】面板中，单击"背景"层，使其成为当前图层。

(3) 选择【移动工具】，将"20.jpg"移到"17.jpg"文件的右上角位置，生成"图层 3"，如图 5.63 所示。

8. 添加"鱼形"形状工具

(1) 选择工具箱中的【自定形状工具】 。

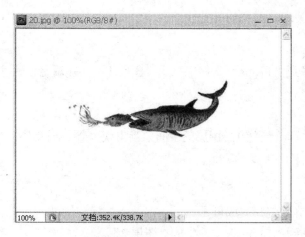

图 5.62

图 5.63

(2) 属性栏设置为【路径】 ，单击【形状】的下三角按钮，再单击下拉面板的右三角按钮，选择【动物】命令，如图 5.64 所示。

(3) 在弹出的提示框中单击【追加】按钮，如图 5.65 所示。

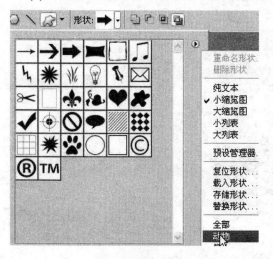

图 5.64

图 5.65

(4) 选择"鱼形" 图案。在"图层 3"的适当位置，按住鼠标左键拖动，得到一个鱼形路径。

(5) 按 Ctrl+T 组合键进行自由变换，对着图片右击，在弹出的快捷菜单中选择【水平翻转】命令。调整其大小及位置，效果如图 5.66 所示。

(6) 执行【图层】→【矢量蒙版】→【当前路径】命令，即可将鱼形以外的内容删除。

9. 填充鱼眼睛

选择【椭圆选框工具】，在鱼形眼睛部分按住 Shift 键，画出一个小圆圈选区，将前景色设置为黑色，按 Alt+Del 组合键，将眼睛填充为黑色，效果如图 5.67 所示。

10. 保存文件

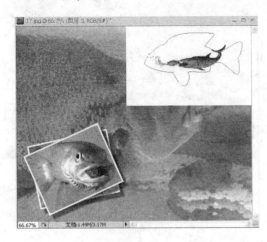

图 5.66

图 5.67

5.7.5　案例小结

本案例主要介绍一个相对本章前几个例子来说，稍微复杂点的例子。通过本例的学习，读者可以学到如何创建剪贴蒙版图层，如何创建矢量蒙版图层。例子中还包含了其他的知识点，希望读者能融会贯通。

5.7.6　举一反三

根据所学内容，打开本书配套素材"Ph5/学生.jpg"、"Ph5/学生 1.jpg"、"Ph5/学生 2.jpg"和"Ph5/学生 3.jpg"文件，制作剪贴蒙版与矢量蒙版效果，如图 5.68 所示。

图 5.68

第 6 章　文字和路径

技能点

1. 文字图层的创建
2. 在路径上创建文字
3. 段落文字的处理
4. 钢笔工具的使用
5. 描边路径

说　明

本章通过 5 个案例来介绍文字的一些基础知识和具体应用，通过 2 个例子来介绍路径的知识点。重点掌握文字与路径的实际应用，并能灵活运用于作品的创作。

在 Photoshop 软件中，可输入任意文字图层，作变形处理，还可变成普通图层作其他处理。路径是与选区类似的封闭区域，常用的功能是选区与路径的转换以及描边路径的运用。

6.1　创建文字图层

6.1.1　案例效果

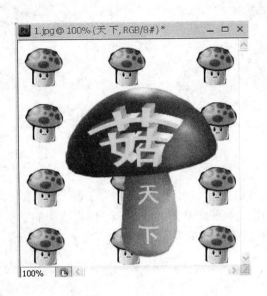

6.1.2　案例目的

通过本案例的学习，读者可初步了解如何在普通图层上创建文字图层，掌握文字图层的创建和文字的变形。

6.1.3　案例分析

本案例用具体的操作过程，让读者了解创建文字图层的操作，包括设置文字的大小，颜色以及文字的变形。该案例大致步骤是：第 1 步打开素材文件；第 2 步输入"菇"字；第 3 步"菇"字的变形；第 4 步栅格化图层并渐变填充；第 5 步立体效果和颜色填充；第 6 步输入"天下"二字；第 7 步保存文件。

6.1.4　技术实训

1. 打开素材文件

打开本书配套素材"Ph6/1.jpg"文件，如图 6.1 所示。

2. 输入"菇"字

选择【横排文字工具】，字体大小为 72 点，黑体，颜色任意，输入"菇"字，如图 6.2 所示。

图 6.1

图 6.2

3. "菇" 字的变形

文字还在编辑状态下选定 "菇" 字，单击属性栏的【创建文字变形】按钮 ，单击【样式】的下三角按钮，在弹出的下拉列表中选择 "花冠"，使用系统的默认参数，如图 6.3 所示。用【移动工具】将文字调到红色蘑菇的正中间，得到效果如图 6.4 所示。

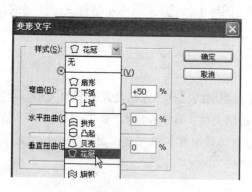

图 6.3

图 6.4

4. 栅格化图层并作渐变填充

(1) 确定 "菇" 为当前图层，执行【图层】→【栅格化】→【文字】命令(也可直接对着图层名右击，在弹出的快捷菜单中选择 "栅格化文字" 命令)。将文字图层变成普通图层。

(2) 按住 Ctrl 键，单击【图层】面板中 "菇" 图层的图层缩览图，选中图层的内容，如图 6.5 所示。

(3) 选择【渐变工具】，在渐变属性中选择 "铬黄渐变"，【线性渐变】，在 "菇" 字上面从左往右拉出渐变的直线，如图 6.6 所示。

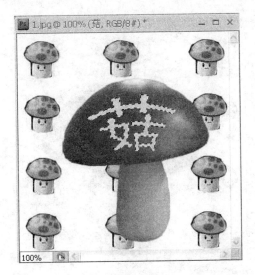

图 6.5

图 6.7

图 6.6

图 6.8

5. 立体效果和颜色填充

(1) 按住 Ctrl+Alt 组合键，然后按向下键和向左键各一下，并重复按，直至出现如图 6.7 所示的效果。

(2) 将前景色设置为黄色(R：255，G：255，B：0)，按 Alt+Del 组合键，前景色填充，如图 6.8 所示。

6. 输入"天下"两个字并作调整

(1) 选择【横排文字工具】，字体大小为 30 点，黑体，颜色黄色，输入"天下"二字(注意：输入"天"字后按一下回车，另一行输入"下"字)。

(2) 文字还在编辑状态下选定"天下"二字，单击属性栏的【创建文字变形】按钮，单击【样式】的下三角按钮，在弹出的下拉列表中选择"鱼眼"，【弯曲】里输入 30%，对话框如图 6.9 所示。用【移动工具】适当的调整该文字图层的位置，得到效果如图 6.10 所示。

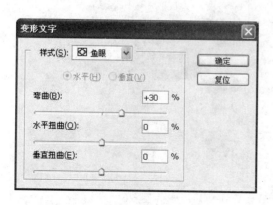

图 6.9

图 6.10

7. 保存文件

结果以"菇天下.jpg"为名保存。

6.1.5 案例小结

本案例主要介绍了如何在普通图层上创建文字图层，文字的变形处理，文字图层的栅格化以及文字立体效果的制作。在 Photoshop 中，读者可以自行把握文字制作的可变性，创作出更好的作品。

6.1.6 举一反三

打开本书配套素材"Ph6/2.jpg"文件，如图 6.11 所示，完成如图 6.12 所示效果。具体操作过程可参考视频文件，将结果以"可爱的企鹅.jpg"为名保存。

图 6.11

图 6.12

6.2　在路径上创建文字

6.2.1　案例效果

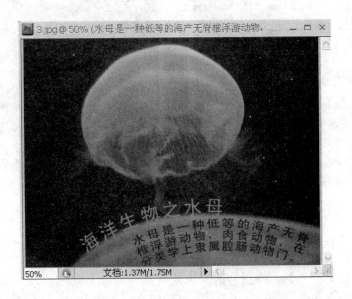

6.2.2　案例目的

通过本案例的学习，读者可了解路径的创建以及如何在路径上创建文字，掌握路径上创建文字并进行处理的方法。

6.2.3　案例分析

本案例用具体的操作过程，让读者了解用【钢笔工具】创建路径，再在路径上创建文字，并能对文字进行一些变形处理。该案例大致步骤是：第 1 步打开素材文件；第 2 步绘制路径；第 3 步沿路径输入文字；第 4 步画出段落方框；第 5 步输入段落文字；第 6 步改变段落文字形状；第 7 步修改段落文字的属性；第 8 步保存文件。

6.2.4　技术实训

1．打开素材文件

打开本书配套素材"Ph6/3.jpg"文件，如图 6.13 所示。

2．绘制路径

(1) 选择【钢笔工具】，在工具属性栏单击【路径】按钮 ▨。

(2) 沿着图片中的曲线绘制一条路径，先在路径的左端单击为路径的开始，在右端再单击为路径的结束，注意第二次单击后鼠标不要松开，按住鼠标拖动调节曲线，直至出现如图 6.14 所示的效果。(注意：如果需要移动路径，则选择【路径选择工具】。)

3．沿路径输入文字

选择【横排文字工具】，黑体，字体大小为 50 点，字体颜色(R：164，G：108，B：255)。

将鼠标移到路径左端开始位置，当鼠标变成 图标时，即可输入文字："海洋生物之水母"。
文字自然会沿着路径排列，效果如图 6.15 所示。

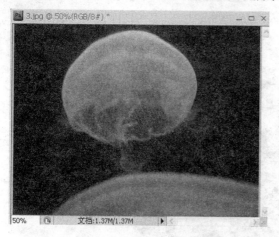

图 6.13   图 6.14

    4. 画出段落方框

    选择【横排文字工具】，在图片的右下角开始，向左上角拖动，拉出一个文本框，如
图 6.16 所示。单击文本框，获取光标，将文字的大小设置为 18 点。

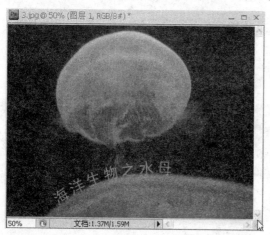 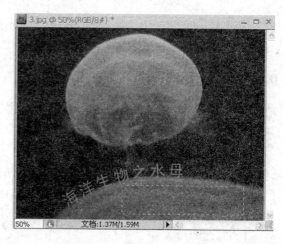

图 6.15   图 6.16

    5. 输入段落文字

    打开素材"ph6\水母的说明.txt"，复制里面的内容："水母是一种低等的海产无脊椎浮
游动物，肉食动物，在分类学上隶属腔肠动物门。"到文本框内。

    6. 改变段落文字的整体形状

    选定该文本框中的文本，单击【创建文字变形】按钮，选择"扇形"样式，弯曲 25%。

7. 修改段落文字的属性

此时字看起来比较小，单击【切换字符和段落面板】按钮，单击【字符】选项卡，字体大小改为 30 点，行距变为 30 点，设置颜色(R：24，G：0，B：125)。设置完后单击该面板的两个向右的三角形按钮或再单击一次【切换字符和段落面板】按钮，则可隐藏该面板。

8. 保存文件

设置完以上步骤，选择【移动工具】，根据需要适当调整图层的位置，使得结果如图 6.17 所示。文件以"水母.jpg"为名保存。

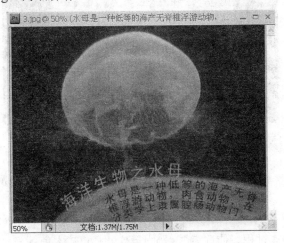

图 6.17

6.2.5　案例小结

本案例主要介绍了用【钢笔工具】画出路径后，让文字沿着路径的方向排列。注意路径要隐藏起来，不要显示在图像中，影响视觉效果。

6.2.6　举一反三

打开本书配套素材"Ph6/4.jpg"文件，如图 6.18 所示，完成如图 6.19 所示的效果。具体的操作过程可参考视频文件，将结果以"小猫.jpg"为名保存。

图 6.18

图 6.19

6.3 处理段落文字

6.3.1 案例效果

6.3.2 案例目的

通过本案例的学习，读者掌握可如何处理普通文字与段落文本，横排与直排文字的处理。

6.3.3 案例分析

本案例用具体的操作过程，使读者了解到段落文本的基本处理方法，包括文字的方向、文字的变形以及段落的格式设置。该案例大致步骤是：第1步打开素材文件；第2步输入诗名与作者名；第3步输入诗文；第4步输入译文；第5步输入标题；第6步保存文件。

6.3.4 技术实训

1. 打开素材文件

打开本书配套素材"Ph6/5.jpg"文件，如图 6.20 所示。

2. 输入诗名与作者名

选择【横排文字工具】，黑体字，大小为 48 点，颜色为黑色，单击左边的空白页面，输入"游子吟"。空一行，大小改为 24 点，再输入"作者：孟郊"，如图 6.21 所示。

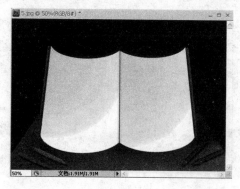

图 6.20

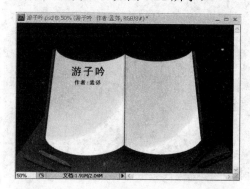

图 6.21

背景"书"是弯的，如果字是直的话就显得不够真实，所以要设置一下文字的变形，对话框参数设置如图 6.22 所示，得到效果如图 6.23 所示。

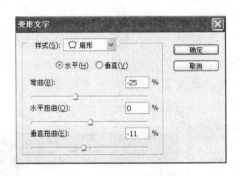

图 6.22

图 6.23

3. 输入诗文内容

(1) 打开本书配套素材"Ph6/游子吟.txt"文件，复制 6 句正文内容。选择【直排文字工具】，在适当的位置按住鼠标拖出一个文本框，如图 6.24 所示。

(2) 将刚才复制的内容按 Ctrl+V 组合键粘贴在文本框里，选定该内容，单击属性栏中的【切换字符和段落面板】按钮 ，设置行距为 48 点，如图 6.25 所示。

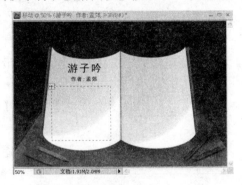

图 6.24

图 6.25

(3) 单击工具属性栏中的【创建文字变形】按钮，单击【样式】的下三角按钮，在弹出的下拉列表中，选择"扇形"，具体参数设置如图 6.26 所示，得到效果如图 6.27 所示。

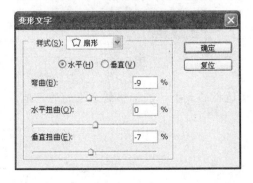

图 6.26

图 6.27

4. 输入译文内容

(1) 打开本书配套素材"Ph6/游子吟.txt"文件，复制译文的全部内容。选择【横排文字工具】，在右边空白的地方按住鼠标拖出一个跟页面差不多大小的文本框。

(2) 将刚才复制的内容按 Ctrl+V 组合键粘贴在文本框里，选定该内容，单击【切换字符和段落面板】按钮，设置行距为 36 点，如图 6.28 所示。

(3) 单击文字工具属性中的【创建文字变形】按钮，单击【样式】的下三角按钮，在弹出的下拉列表中选择"扇形"，具体参数设置如图 6.29 所示，得到效果如图 6.30 所示。

图 6.28

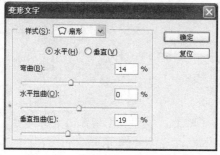

图 6.29

图 6.30

5. 输入标题

选择【横排文字】工具，在"书"的上面单击一下鼠标，将文字大小调为 72 点，字体颜色设置为白色，输入"唐诗欣赏"。用【移动工具】，适当调整该文字图层的位置，得到最终效果如图 6.31 所示。

文字图层还可以转换为路径和形状，执行【图层】→【文字】→【转换为形状】命令，【图层】面板显示如图 6.32 所示。

图 6.31

图 6.32

提示：在编辑段落内容时，可以按住 Ctrl 键来移动边框的大小，鼠标移到方框的边角地方，出现旋转标记时还可以对文本框进行旋转。

6. 保存文件

结果以"游子吟.jpg"保存。

6.3.5　案例小结

本案例主要介绍了在图片中输入文字及段落文本，并进行各种处理。

6.3.6　举一反三

打开本书配套素材"Ph6/6.jpg"文件，如图 6.33 所示，完成如图 6.34 所示的效果。具体的操作过程可参考视频文件，将结果以"海蛞蝓.jpg"为名保存。

图 6.33　　　　　　　　　　　　　　　　图 6.34

6.4　使用钢笔工具创建路径

6.4.1　案例效果

6.4.2　案例目的

通过本案例的学习，读者可初步了解如何创建路径，掌握用【钢笔工具】创建路径的操作以及路径跟选区之间的转换。

6.4.3 案例分析

本案例用具体的操作过程，让读者了解如何用【钢笔工具】画出路径，在【路径】面板中进行选区与路径的转换，在选区内渐变填充色彩。该案例大致步骤是：第 1 步打开素材文件；第 2 步选用【钢笔工具】；第 3 步绘制花瓶的路径；第 4 步路径与选区的转换；第 5 步选择渐变工具进行填充；第 6 步保存文件。

6.4.4 技术实训

1. 打开素材文件

打开本书配套素材 "Ph6/5.jpg" 文件，如图 6.35 所示。

2. 选用【钢笔工具】

在工具箱选择【钢笔工具】，在属性栏中单击【路径】按钮。

3. 绘制花瓶的路径

用【钢笔工具】沿着花瓶的形状进行抠图，效果如图 6.36、图 6.37 所示，抠图结束后得到如图 6.38 所示的效果。

注意抠图时的操作：

(1) 钢笔在花瓶口的左端单击，再在花瓶口的右端单击，这时不要松开鼠标，拖动手柄，使得拖出来的曲线跟瓶口相吻合。

(2) 当曲线与瓶口吻合时，按住 Alt 键，将右边的手柄控制点缩短一些，手柄的方向和继续要描路径的方向相一致。操作这一步是为了下一步更好的进行，调出来的曲线与花瓶的形状不需要太多的调整就相差不远了。按住 Alt 键时，还可以调一边的控制手柄，而不影响另一边的曲线形状。

(3) 按住 Ctrl 键时，可以移动锚点。

(4) 右击【钢笔工具】，可以选择【添加锚点工具】和【删除锚点工具】。锚点多使得曲线更圆滑，但是如果要调整将会更麻烦。所以有时候，锚点少些更容易操作。

图 6.35　　　　　　图 6.36　　　　　　图 6.37　　　　　　图 6.38

4．路径与选区的转换

单击【路径】面板，就会看到如图 6.39 所示的"工作路径"。单击面板的【将路径作为选区载入】按钮 ，得到花瓶的选区，如图 6.40 所示的效果。

5．选择渐变工具进行填充

(1) 单击工具箱中的【渐变工具】，在属性栏中单击下三角按钮，选择"橙，黄，橙渐变"，【径向渐变】，【模式】为"叠加"，【不透明度】调为 70%，【反向】、【仿色】、【透明区域】这 3 个复选框均选中。

(2) 以花瓶中心部分为渐变的起点，向瓶口拉伸，得到如图 6.41 所示的效果。

(3) 按 Ctrl+D 组合键取消选区，得到如图 6.42 所示的效果。

图 6.39　　　　　　　　　图 6.40　　　　　　　　　图 6.41

6．保存文件

结果以"花瓶.jpg"保存。

提示：当获得选区后，可单击【路径】面板的【用前景色填充路径】按钮 ，即可将选区填充为前景色的图案。设置前景色(R: 204，G: 0，B: 153)，单击【用前景色填充路径】按钮，即可得到如图 6.43 所示的效果。

图 6.42　　　　　　　　　　　图 6.43

6.4.5　案例小结

本案例主要介绍了如何用【钢笔工具】绘制路径，选区与路径之间的转换，得到选区后可用渐变填充或是前景色填充。

6.4.6　举一反三

打开本书配套素材"Ph6/8.jpg"文件，如图 6.44 所示，完成如图 6.45 所示的效果。具体的操作过程可参考视频文件，将结果以"花瓶 2.jpg"为名保存。

图 6.44

图 6.45

6.5　描边路径制作邮票

6.5.1　案例效果

6.5.2　案例目的

通过本案例的学习，读者可了解描边路径的运用。

6.5.3　案例分析

本案例用具体的操作过程，让读者了解如何创建描边路径，通过邮票的制作能更好的理解具体的运用。该案例大致步骤是：第 1 步打开素材文件；第 2 步新建文件并将背景填充为黑色；第 3 步将图片移到新建文件中；第 4 步在新建图层中创建白色选区并转换为路径；第 5 步选择【橡皮擦工具】；第 6 步用画笔描边路径；第 7 步作一个 1 像素的黑色方框；第 8 步输入文字；第 9 步保存文件。

6.5.4　技术实训

1. 打开素材文件

打开本书配套素材 "Ph6/9.jpg" 文件，如图 6.46 所示。

2. 新建文件并把背景填充为黑色

新建一个大小为 16cm×12cm，RBG 模式的文件，将背景填充为黑色。

3. 移入图片到新建文件中

选择【移动工具】，将 "9.jpg" 文件拖到新建文件中，效果如图 6.47 所示。

图 6.46　　　　　　　　　　　　　图 6.47

4. 在新建图层中创建白色选区并转换为路径

用【矩形选框工具】在图中拖出一个选区，选区比黑色背景小，比蝴蝶图大。在【图层】面板中新建图层，然后把新建的图层移到原先的两个图层中间。将选区填充为白色，得到如图 6.48 所示的效果。单击【路径】面板下方的【从选区生成工作路径】按钮，将会得到如图 6.49 所示的工作路径。

图 6.48　　　　　　　　　　　　　图 6.49

5. 选择【橡皮擦工具】

选择【橡皮擦工具】，直径 12，间距 130%，设置画笔参数如图 6.50 所示。

6. 用画笔描边路径

单击【路径】面板的【用画笔描边路径】按扭，得到如图 6.51 所示的效果。

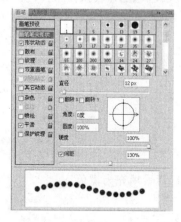

图 6.50

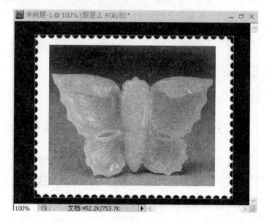

图 6.51

7. 作一个 1 像素的黑色边框

在蝴蝶图的周围用【矩形选框工具】拖出一个选区，如图 6.52 所示。新建"图层 3"，执行【编辑】→【描边】命令，宽度为 1 个像素，颜色为黑色，单击确定后得到如图 6.53 所示的效果。

图 6.52

图 6.53

8. 输入文字

取消选区，选择文字工具，字体黑体，大小为 18 点，颜色为黑色，分别在图像的左下角和右下角输入"2 元"和"中国邮政"，效果如图 6.54 所示。(如果觉得黑色部分太多可用【裁剪工具】减去一些。)【图层】面板如图 6.55 所示。

9. 保存文件

结果以"玉蝴蝶.jpg"保存。

图 6.54　　　　　　　　　　　　　　图 6.55

6.5.5　案例小结

本案例主要介绍了如何用【橡图擦工具】对制作好的路径进行描边，形成邮票特有的齿轮状边缘，再配合使用描边功能与文字图层，做成一张邮票的效果。

6.5.6　举一反三

打开本书配套素材"Ph6/10.jpg"文件，如图 6.56 所示，完成如图 6.57 所示的效果。具体的操作过程可参考视频文件，将结果以 "马.jpg"为名保存。

图 6.56　　　　　　　　　　　　　　图 6.57

第**7**章　滤镜的应用

 技能点

1. 简单滤镜效果的运用
2. 综合运用多种滤镜效果
3. 给图像添加下雨，下雪效果
4. 消失点的使用
5. 火焰效果的制作

 说　明

　　本章通过 6 个案例来介绍【滤镜】的多种应用，重点掌握使用滤镜过程中的参数设置，能灵活运用于其他例子的制作。

在 Photoshop 软件中，滤镜也可以称为"滤波器"，是一种特殊的图像效果处理技术，目的是为了丰富照片的图像效果。也就是对图像中像素的颜色、亮度、饱和度、对比度、色调、分布、排列等属性进行计算和变换处理，使图像产生特殊效果。滤镜的操作非常简单，但是真正能恰到好处却比较困难。

7.1　制作木纹效果

7.1.1　案例效果

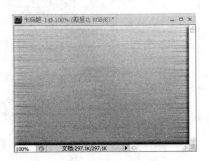

7.1.2　案例目的

通过本案例的学习，读者可初步了解【滤镜】是如何综合运用于一个例子的。掌握此案例的制作。

7.1.3　案例分析

本案例用具体的操作过程，让读者了解几种【滤镜】命令运用于一个例子中的效果，再稍微调一下色彩，让图像看起来像木纹的颜色。该案例大致步骤是：第 1 步新建文件；第 2 步添加【杂色】滤镜；第 3 步添加【模糊】滤镜；第 4 步添加图层样式效果；第 5 步调整图像色彩平衡；第 6 步保存文件。

7.1.4　技术实训

1．新建文件

新建一个大小为 390 像素×260 像素的文件，【新建】对话框如图 7.1 所示，得到一个新建文件，如图 7.2 所示。

图 7.1

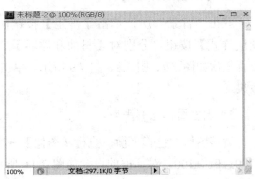

图 7.2

2. 添加杂色过滤

执行【滤镜】→【杂色】→【添加杂色】命令，将【数量】设置为 50%，选中【高斯分布】单选按钮，选中单色复选框，对话框设置如图 7.3 所示，单击确定后得到如图 7.4 所示的添加杂色效果。

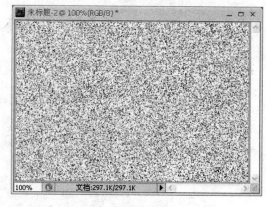

图 7.3   图 7.4

3. 添加模糊滤镜

执行【滤镜】→【模糊】→【动感模糊】命令，【距离】100 像素，对话框如图 7.5 所示，单击确定后得到如图 7.6 所示的动感模糊效果。

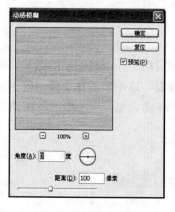
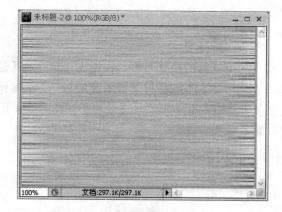

图 7.5   图 7.6

4. 添加图层样式效果

双击"背景"层，单击【确定】按钮，得到"图层 0"。单击【图层】面板的【添加图层样式】按钮，分别对【斜面和浮雕】、【光泽】、【渐变叠加】进行设置，对话框的设置依次如图 7.7、图 7.8、图 7.9 所示。单击【确定】按钮后，得到如图 7.10 所示的图层样式效果。

5. 调整图像色彩平衡

调整图像的色彩平衡，执行【图像】→【调整】→【色彩平衡】命令，色阶的值输入为：+100、0、+100，对话框的设置如图 7.11 所示，单击确定后得到如图 7.12 所示色彩调整后的效果。

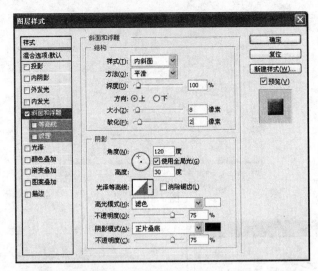

图 7.7

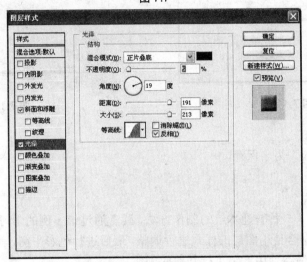

图 7.8

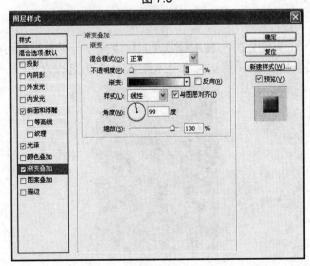

图 7.9

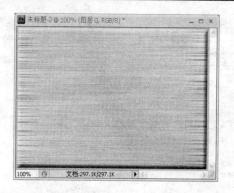

图 7.10

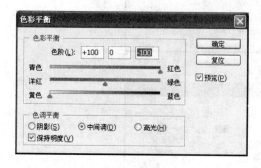

图 7.11

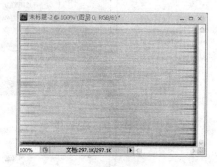

图 7.12

6. 保存文件

结果以"木纹.jpg"为名保存。

7.1.5 案例小结

本案例主要介绍了一种普通木纹的制作方法。读者通过该案例的学习，掌握利用滤镜命令来完成纹理的制作，结合使用图层的样式进行调整，最后进行色彩平衡，就完成了木纹的制作。掌握这些操作方法，懂得使用滤镜进行其他的创作。

7.1.6 举一反三

利用前面所学例子，再制作另一种木纹效果，具体操作与参数设置可参考第 7 章视频文件"木纹 2"，效果如图 7.13 所示，将结果以"木纹 2.jpg"为名保存。

图 7.13

7.2　制作烟雾效果

7.2.1　案例效果

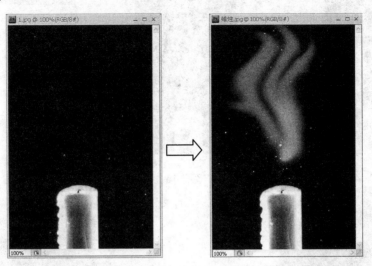

7.2.2　案例目的

通过本案例的学习，读者可了解利用【滤镜】命令如何制作烟雾效果，掌握烟雾的制作方法。

7.2.3　案例分析

本案例用具体的操作过程，使读者知道如何制作烟雾，该案例综合运用了【模糊】、【波浪】、【最小值】、【液化】等多种滤镜，其参数的设置及具体的操作具有一定的可变空间，读者自行把握。该案例大致步骤是：第 1 步打开素材文件；第 2 步新建图层用画笔涂划；第 3 步执行【高斯模糊】命令；第 4 步用【涂抹工具】涂抹；第 5 步执行【扭曲】滤镜；第 6 步执行滤镜中的【最小值】命令；第 7 步给图层填充白色；第 8 步保存文件。

7.2.4　技术实训

1.　打开素材文件

打开本书配套素材"Ph7/1.jpg"文件，如图 7.14 所示。

2.　新建图层用画笔涂划

在【图层】面板中新建"图层 1"，选择画笔，设置半径为 8 个像素，前景色为 50%灰度，在"图层 1"中画出烟雾的初始状态，如图 7.15 所示。

3.　执行高斯模糊命令

执行【滤镜】→【模糊】→【高斯模糊】命令，设置半径为 10 个像素，对话框设置如图 7.16所示，单击【确定】按钮，得到的效果如图 7.17 所示。

4. 用涂抹工具涂抹

在工具箱中选择【涂抹工具】，画笔大小设置为 30 像素，正常模式，强度为 50%，在烟雾的顶端和两边涂抹，涂抹后的效果如图 7.18 所示。

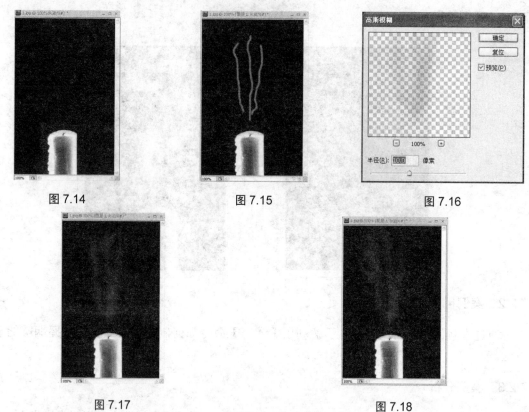

图 7.14　　　　　　　　图 7.15　　　　　　　　图 7.16

图 7.17　　　　　　　　　　　　　图 7.18

5. 执行扭曲滤镜

执行【滤镜】→【扭曲】→【波浪】命令，具体的参数设置如图 7.19 所示，单击【确定】按钮。

6. 执行滤镜中的最小值命令

执行【滤镜】→【其他】→【最小值】命令，半径像素为 2，设置对话框如图 7.20 所示，单击【确定】按钮。

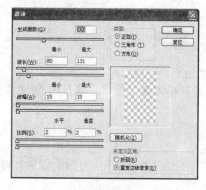

图 7.19

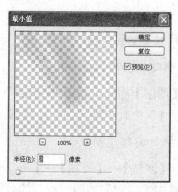

图 7.20

7. 给图层填充颜色

将前景色设置为白色，对"图层 1"执行前景色填充，按 Alt+Del 组合键，填充后得到效果图，如图 7.21 所示。最后可执行【滤镜】→【液化】命令适当调整一下。单击【确定】按钮，得到效果图，如图 7.22 所示。

8. 保存文件

结果以"蜡烛.jpg"为名保存。

图 7.21　　　　　　　　　　　　　　　　图 7.22

7.2.5　案例小结

本案例主要介绍了利用【滤镜】命令来制作烟雾效果的方法。读者通过该案例的学习，结合多种滤镜效果和前面所学知识，要能制作出其他的烟雾效果，如香烟点燃后的燃烧效果等。

7.2.6　举一反三

根据所学内容，打开本书配套素材"Ph7/2.jpg"文件，如图 7.23 所示，制作汤的蒸汽效果，具体过程请参考视频文件"蒸汽"，效果如图 7.24 所示。

图 7.23　　　　　　　　　　　　　　　　图 7.24

7.3 给图像添加下雪效果

7.3.1 案例效果

7.3.2 案例目的

通过本案例的学习，读者可了解如何利用【滤镜】的多种命令组合来完成下雪效果的制作。

7.3.3 案例分析

本案例用具体的操作过程，使读者知道如何制作下雪效果，该案例综合运用了【像素化】、【杂色】、【模糊】等多种滤镜，做完滤镜效果后将图层的"正常"模式改为"滤色"模式，即可得到相应的效果，其参数的设置及具体的操作具有一定的可变空间，读者自行把握。该案例大致步骤是：第 1 步打开素材文件；第 2 步复制"背景"图层；第 3 步执行【点状化】命令；第 4 步执行【添加杂色】命令；第 5 步执行【动感模糊】命令；第 6 步改变图层的混合模式；第 7 步保存文件。

7.3.4 技术实训

1. 打开素材文件

打开本书配套素材"Ph7/3.jpg"文件，如图 7.25 所示。

2. 复制背景图层

在【图层】控制面板中，复制"背景"层，得到"背景副本"，如图 7.26 所示。

图 7.25

图 7.26

3. 执行点状化命令

选择"背景副本"为当前图层,背影色为白色。执行【滤镜】→【像素化】→【点状化】命令,设置单元格大小为 5,具体的参数设置如图 7.27 所示,单击【确定】按钮,得到效果如图 7.28 所示。

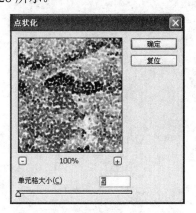

图 7.27　　　　　　　　　　　　　　　　图 7.28

4. 执行添加杂色命令

执行【滤镜】→【杂色】→【添加杂色】命令,在对话框中输入数量 30%,选中【平均分布】单选按钮,不选中【单色】复选框,具体的参数设置如图 7.29 所示,单击【确定】按钮,得到效果如图 7.30 所示。

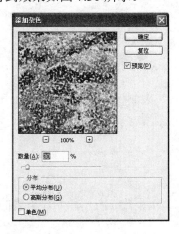

图 7.29　　　　　　　　　　　　　　　　图 7.30

5. 执行动感模糊命令

执行【滤镜】→【模糊】→【动感模糊】命令,在对话框中输入角度 68 度,距离为 10 像素,具体的参数设置如图 7.31 所示,单击【确定】按钮,得到效果如图 7.32 所示。

6. 改变图层的混合模式

单击【图层】面板中的【设置图层的混合模式】下三角按钮,将"正常"模式改为"滤色"模式,如图 7.33 所示,得到效果如图 7.34 所示。

7. 保存文件

结果以"下雪.jpg"为名保存。

图 7.31

图 7.32

图 7.33

图 7.34

7.3.5 案例小结

本案例主要介绍了利用【滤镜】菜单，结合"混合模式"来制作图像下雪的效果。读者通过该案例的学习，结合多种滤镜效果和前面所学知识，要能制作出大雪、小雪的效果，还有下雨的效果也有点相似，请读者自己摸索。

7.3.6 举一反三

根据所学内容，打开本书配套素材"Ph7/4.jpg"文件，如图 7.35 所示，制作下雨的效果，具体过程请参考视频文件"下雨"，效果如图 7.36 所示。

图 7.35   图 7.36

7.4　如何使用滤镜中的消失点

7.4.1　案例效果

7.4.2　案例目的

通过本案例的学习，读者可了解【滤镜】菜单中的【消失点】如何使用，掌握【消失点】的操作方法。

7.4.3　案例分析

本案例用具体的操作过程，使读者知道如何使用【消失点】，生活中的拍照，经常会碰到这样的情况：拍到的照片，有别人站在那里，或是有其他的杂物。这时用【滤镜】中的【消失点】就可以轻松的让它"消失"，得到满意的照片。该案例大致步骤是：第 1 步打开素材文件；第 2 步执行【消失点】命令；第 3 步创建平面；第 4 步用【选框工具】画出矩形框；第 5 步去除杂物；第 6 步保存文件。

7.4.4　技术实训

(1) 打开本书配套素材"Ph7/5.jpg"文件，如图 7.37 所示。

(2) 执行【滤镜】→【消失点】命令，打开【消失点】对话框，如图 7.38 所示。

图 7.37

图 7.38

(3) 在【消失点】对话框中选择【创建平面工具】![icon]，网格的大小用默认参数(需处理的物品很小时，可将值设小一点)。

在图像中的杂物周围，分别选择 4 个点形成一个透视平面图，注意不能太大也不能太小，如图 7.39、图 7.40 所示。透视平面显示为蓝色时有为效平面；显示为红色时为无效平面，无法计算平面的长宽比；显示为黄色时为无效平面，无法解析平面的所有消失点。

图 7.39　　　　　　　　　　　　　　　　　图 7.40

(4) 选择【选框工具】![icon]，在透视平面中画出一个选区，如图 7.41 所示。

(5) 按住 Alt 键，拖动选区到杂物处，这时杂物消失了，如图 7.42 所示。

图 7.41　　　　　　　　　　　　　　　　　图 7.42

(6) 单击对话框中的【确定】按钮，得到如图 7.43 所示的效果图。以文件名"公鸡.jpg"保存。

图 7.43

7.4.5　案例小结

本案例主要介绍了利用【滤镜】菜单中的【消失点】命令，完成去除照片中杂物的制作，这个功能跟【仿制图章工具】有点相似，使用起来显得更加方便，【仿制图章工具】更费时。【消失点】命令的使用，要注意平面创建和制作好选区后的"复制"，处理完的图片显得自然，就好像本来就是这样的。

7.4.6　举一反三

根据所学内容，打开本书配套素材"Ph7/6.jpg"文件，如图 7.44 所示。将图片左边红线圈出来的人物去掉，该人物在此影响了这张景物图的美观。具体过程请参考视频文件"大榕树"，效果如图 7.45 所示。

图 7.44　　　　　　　　　　　　　　　图 7.45

7.5　制作烈火燃烧效果

7.5.1　案例效果

7.5.2　案例目的

通过本案例的学习，读者可了解通过【滤镜】的多种命令组合，完成火焰效果的制作。掌握制作火焰的操作过程。

7.5.3 案例分析

本案例用具体的操作过程，使读者知道如何制作火焰，该案例综合运用了【云彩】、【分层云彩】、【极坐标】、【光照效果】、【切变】、【波纹】等多种滤镜，其参数的设置及具体的操作具有一定的可变空间，读者自行把握。该案例大致步骤是：第 1 步新建文件；第 2 步执行【云彩】命令；第 3 步执行【分层云彩】命令；第 4 步【反相】；第 5 步【色阶】调整；第 6 步执行【极坐标】命令；第 7 步【光照效果】；第 8 步执行【切变】命令；第 9 步【色相/饱和度】的调整；第 10 步执行【波纹】命令；第 11 步设置图层模式为"滤色"；第 12 步保存文件。

7.5.4 技术实训

1. 新建文件

执行【文件】→【新建】命令，或者直接按 Ctrl+N 组合键，新建一个宽高均为 500 像素的文件，RGB 模式，白色背景。单击【确定】按钮后得到一个空白文件。按 D 键，恢复默认前景色与背景色，即前景色为黑色，背景色为白色。

2. 执行云彩命令

执行【滤镜】→【渲染】→【云彩】命令，效果如图 7.46 所示。

3. 执行分层云彩命令

执行【滤镜】→【渲染】→【分层云彩】命令，效果如图 7.47 所示。

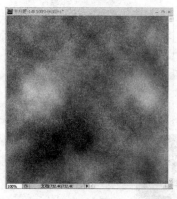
图 7.46

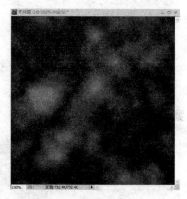
图 7.47

4. 执行反相

执行【图像】→【调整】→【反相】命令，效果如图 7.48 所示。

5. 色阶调整

执行【图像】→【调整】→【色阶】命令，将输入色阶的中间调值设为 0.24，【色阶】对话框设置如图 7.49 所示，单击【确定】按钮后，效果如图 7.50 所示。

6. 执行极坐标命令

执行【滤镜】→【扭曲】→【极坐标】命令，选中【极坐极到平面坐标】单选按钮，对话框的设置如图 7.51 所示，单击【确定】按钮后，效果如图 7.52 所示。

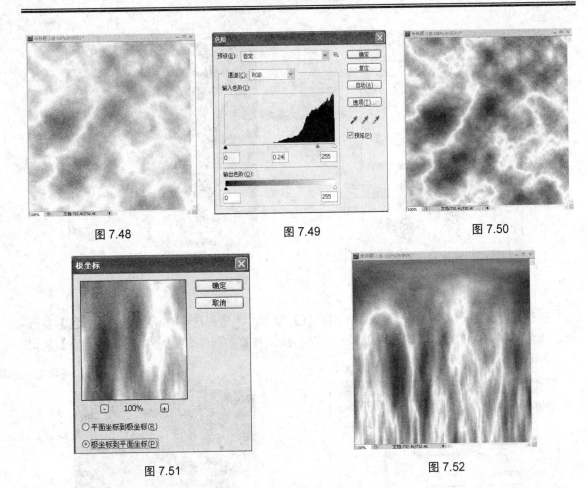

图 7.48   图 7.49   图 7.50

图 7.51   图 7.52

7. 光照效果

执行【滤镜】→【渲染】→【光照效果】命令，光照颜色为白色，将光源的方向转到从下面照上来。【光照效果】对话框的具体参数设置如图 7.53 所示，单击【确定】按钮后，得到效果如图 7.54 所示。

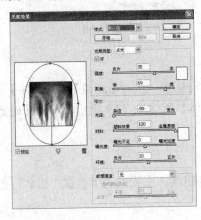

图 7.53

图 7.54

8. 执行切变命令

执行【滤镜】→【扭曲】→【切变】命令，具体参数如图 7.55 所示，效果如图 7.56 所示。

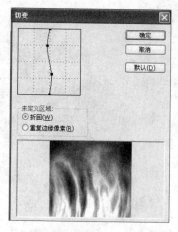

图 7.55

图 7.56

9. 色相饱和度调整

执行【图像】→【调整】→【色相/饱和度】命令，注意先选中对话框中的【着色】复选框，【色相】输入：32，【饱和度】输入：75，具体参数如图 7.57 所示，单击【确定】按钮后，得到效果如图 7.58 所示。

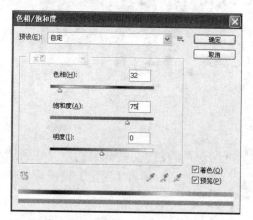

图 7.57

图 7.58

10. 执行波纹命令

将"背景"图层复制一个副本，确定图层副本为当前图层，执行【滤镜】→【扭曲】→【波纹】命令，【数量】输入 100%，大小选择"中"，具体参数如图 7.59 所示，单击【确定】按钮后，效果如图 7.60 所示。

11. 设置图层模式为"滤色"

确定图层副本为当前图层，将图层的混合模式由"正常"模式改为"叠加"模式，得到效果如图 7.61 所示。

12. 保存文件

结果以"烈火.jpg"为名保存。

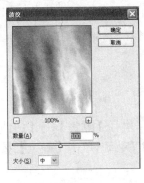

图 7.59　　　　　　　　　　图 7.60　　　　　　　　　　图 7.61

7.5.5　案例小结

本案例主要介绍了利用【滤镜】命令来制作火焰效果的方法。读者通过该案例的学习，结合多种滤镜效果和前面所学知识，要能制作出其他的火焰效果，能灵活地用于其他相类似的创作中。

7.5.6　举一反三

根据所学内容，制作火焰字的效果，具体制作过程可参考"火焰字"的视频，效果如图 7.62 所示。

图 7.62

7.6　多种滤镜的效果组图

7.6.1　案例效果

各种效果图在制作过程中。

7.6.2　案例目的

通过本案例的学习，读者可了解【滤镜】的其他应用，本章的前几个例子都是用多个滤镜组合并结合其他命令来完成一个作品，本案例则是单独使用一个滤镜效果来完成作品的制作。

7.6.3　案例分析

本案例用具体的操作过程，使读者知道多种滤镜的使用，看到它们的效果，其参数设置及具体操作具有一定的可变空间,读者自行把握。

该案例有 4 种图片,分别执行多种滤镜,具体的步骤及过程参考"技术实训"。

7.6.4 技术实训

1.【极坐标】的应用

(1) 极坐标到平面坐标。打开本书配套素材"Ph7/7.jpg"文件,执行【滤镜】→【扭曲】命令,选中【极坐标到平面坐标】单选按钮,对话框设置如图 7.63 所示,单击【确定】按钮后,效果如图 7.64 所示,结果以"极坐标 1.jpg"为名保存。

图 7.63

图 7.64

(2) 平面坐标到极坐标。执行【滤镜】→【扭曲】命令,选中【平面坐标到极坐标】单选按钮,对话框设置如图 7.65 所示,单击【确定】按钮后,效果如图 7.66 所示,结果以"极坐标 2.jpg"为名保存。

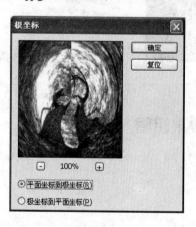

图 7.65

图 7.66

2.【镜头光晕】的应用

打开本书配套素材"Ph7/7.jpg"文件,如图 7.67 所示,执行【滤镜】→【渲染】→【镜头光晕】命令,对话框设置如图 7.68 所示,单击【确定】按钮后,效果如图 7.69 所示,结果以"镜头光晕.jpg"为名保存。

图 7.67

图 7.68

图 7.69

3. 风格化的应用

(1) 打开本书配套素材"Ph7/8.jpg"文件，执行【滤镜】→【风格化】→【查找边缘】命令，单击【确定】按钮后，效果如图 7.70 所示，结果以"查找边缘.jpg"为名保存。

(2) 打开本书配套素材"Ph7/8.jpg"文件，执行【滤镜】→【风格化】→【风】命令，选中方法为【大风】单选按钮，方向选中【从左】单选按钮，单击【确定】按钮后，效果如图 7.71 所示，结果以"大风.jpg"为名保存。

(3) 打开本书配套素材"Ph7/8.jpg"文件，执行【滤镜】→【风格化】→【浮雕效果】命令，输入【角度】50，【高度】10，【数量】100%，单击【确定】按钮后，效果如图 7.72 所示，结果以"浮雕效果.jpg"为名保存。

(4) 打开本书配套"素材/Ph7/8.jpg"文件，执行【滤镜】→【风格化】→【扩散】命令，选择"正常"模式，效果如图 7.73 所示，结果以"扩散.jpg"为名保存。

图 7.70

图 7.71

图 7.72

图 7.73

(5) 打开素材"Ph7/8.jpg"文件，执行【滤镜】→【风格化】→【拼贴】命令，背景色为白色，用系统默认参数，单击【确定】按钮后，效果如图 7.74 所示，结果以"拼贴.jpg"为名保存。

(6) 打开素材"Ph7/8.jpg"文件，执行【滤镜】→【风格化】→【曝光过度】命令，单击【确定】按钮后，效果如图 7.75 所示，结果以"曝光过度.jpg"为名保存。

(7) 打开素材"Ph7/8.jpg"文件，执行【滤镜】→【风格化】→【凸出】命令，【类型】为"块"，【大小】及【深度】均为 30，单击【确定】按钮后，效果如图 7.76 所示，结果以

"凸出.jpg"为名保存。

(8) 打开素材"Ph7/8.jpg"文件，执行【滤镜】→【风格化】→【照亮边缘】命令，用系统默认参数，单击【确定】按钮后，效果如图 7.77 所示，结果以"照亮边缘.jpg"为名保存。

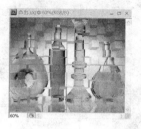

图 7.74　　　　　　　　图 7.75　　　　　　　　图 7.76　　　　　　　　图 7.77

4. 画笔描边的应用

打开本书配套素材"Ph7/9.jpg"文件，执行【滤镜】→【画笔描边】命令，按顺序单击该菜单下的各命令，全部用系统默认的参数，效果如下列组图所示，结果分别以它们的类型名保存。

成角的线条　　　　墨水轮廓　　　　喷溅　　　　喷色描边

强化的边缘　　　　深色线条　　　　烟灰墨　　　　阴影线

5. 模糊的应用

打开本书配套素材"Ph7/10.jpg"文件，执行【滤镜】→【模糊】命令，全部用系统默认的参数进行制作，演示相应的类型及效果如下列组图所示，结果分别以它们的类型名保存。

表面模糊	动感模糊	方框模糊	高斯模糊
径向模糊	镜头模糊	特殊模糊	形状模糊

6. 扭曲的应用

打开本书配套素材"Ph7/11.jpg"文件，执行【滤镜】→【扭曲】命令，全部用系统默认的参数进行制作，演示相应的类型及效果如下列组图所示，结果分别以它们的类型名保存。

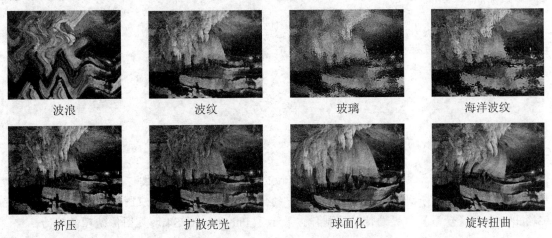

波浪	波纹	玻璃	海洋波纹
挤压	扩散亮光	球面化	旋转扭曲

7.6.5　案例小结

本案例主要介绍了利用【滤镜】的多种命令来制作图像的滤镜效果。读者通过该案例的学习，认识了 Photoshop CS4 中自带的多种滤镜。以上只是部分效果的演示，其余的效果由读者自行尝试，制作过程中试着改动参数，看是什么效果，不同参数的设置有时会得到一些意想不到的效果。

7.6.6　举一反三

根据所学内容，上网找一些合适的图片作素材，尝试用各种滤镜制作出满意的效果图。

第 **8** 章　网页图像的编辑

　技能点

1. 切片工具的使用
2. 图像的超级链接与优化输出
3. 动画的制作方法

　说　明

　　本章主要通过 2 个案例来介绍如何使用 Photoshop CS4 进行网页图像的相关编辑。使用【切片工具】进行图像的分割，提高图像在网络中的传输速度，同时对相应图像设置超级链接，优化输出。利用【动画】面板进行动画制作。展示了 Photoshop CS4 网页图像处理的能力。

Photoshop CS4 不但提供了强大的图像处理功能，还具备网页图像处理的能力，比如：可以使用【动画】面板制作 GIF 动画图片；可以对图像进行切片，使得大容量的图片在网络中获得较快的传输速度；制作图片热区域，进行超级链接设置，优化 Web 图形，以便于 Web 预览等。

8.1　制作个人网页

8.1.1　案例效果

8.1.2　案例目的

通过本案例的学习，读者可掌握【切片工具】的基本用法，切片超级链接的设置，如何优化切片，从而学会利用 Photoshop CS4 软件制作网页。

8.1.3　案例分析

本案例通过对具体的"个人网页"图片进行编辑，让读者了解如何利用【切片工具】进行图像的分割，利用【切片选项】设置图片的超级链接，利用【存储为 Web 和设备所用格式】对话框进行对应的图像优化设置，制作个人网页。该案例大致步骤是：第 1 步使用切片工具分割图像；第 2 步切片的复制；第 3 步图像的超级链接；第 4 步图像的优化存储。

8.1.4　技术实训

1.　使用切片工具分割图像

(1)　打开本书配套素材"Ph8/1.jpg"个人网页图片文件，如图 8.1 所示。

(2)　在标尺的空白处按住鼠标左键不放，在图中拖动，建立几条参考线，如图 8.2 所示。

图 8.1　　　　　　　　　　　　　　　图 8.2

(3) 选择工具箱中的【切片工具】 ✎, 将属性栏【样式】设为"正常", 单击属性栏中的【基于参考线的切片】按钮 基于参考线的切片 , 以图中的参考线对图像进行分割(如果该图为多层文件可以执行【图层】→【新建基于图层的切片】命令, 依据图层内容来创建切片。也可以自己使用【切片工具】随意分割), 如图 8.3 所示, 创建 9 个切片。

(4) 再次使用工具箱中的【切片工具】 ✎, 对文字"Welcome to my world"区域和个人主页区域进行分割, 如图 8.4 所示。

图 8.3   图 8.4

2. 切片的复制

使用【切片选择工具】 ✎ 选择编号为"05"的切片, 按住 Alt 键, 拖动鼠标复制同编号为"05"的切片一样大小的几个切片, 将图中对应的按钮文字区域进行热区划分, 如图 8.5 所示。

3. 图像的超级链接

(1) 使用【切片选择工具】 ✎ 选择编号为"05"的切片, 单击切片属性栏的【切片选项】按钮 ▤, 打开【切片选项】对话框, 如图 8.6 所示进行设置(注: 本网址为虚拟地址, 实际操作可以根据需要输入实际地址)。

图 8.5   图 8.6

(2) 用同样的方法对编号为"08"、"10"、"12"以及"16"的切片进行超级链接设置(注: 现假设编号为"16"的切片 URL 地址为: http://www.163.com)。

4. 图像的优化

(1) 执行【文件】→【存储为 Web 和设备所用格式】命令，根据需要用【切片选择工具】选择切片，在【存储为 Web 和设备所用格式】对话框中进行对应的图像优化设置，如图 8.7 所示。

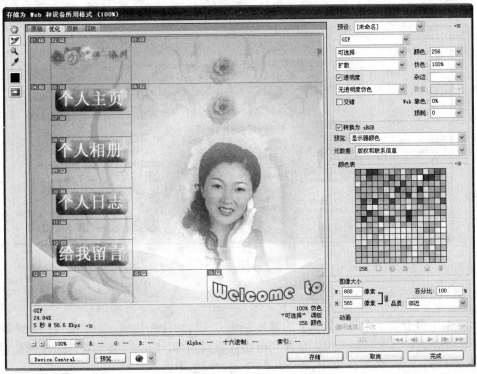

图 8.7

(2) 单击 预览... 按钮，如图 8.8 所示。在热区域中鼠标成 状态，单击就会打开一个相应网站，如图 8.9 所示。

图 8.8

(3) 单击【存储】按钮，将优化结果存储为"个人网页/1.html"。

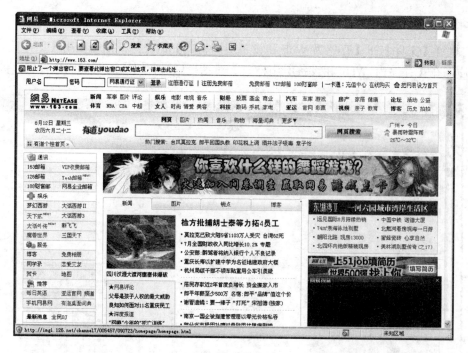

图 8.9

8.1.5　案例小结

本案例主要介绍了【切片工具】的基本使用方法，切片的复制，切片的链接，图像的优化与输出。读者通过该案例的学习，掌握利用切片分割图片，建立网页上对应对象的超链接，优化图像质量等，提高利用 Photoshop CS4 制作网页的能力与水平。

8.1.6　举一反三

打开本书配套素材 "Ph8/2.jpg" 文件，使用【切片工具】将图像分割成多个切片区域，

图 8.10

并对 "学校简介"，"校园风貌"，"网上服务"，"招生就业" 4 个文字按钮分别设置链接为："http://218.15.57.67/ztxc/zhutixiangce/jianjie.htm"，"http://218.15.57.67/ztxc/zhutixiangce/showtype.asp?type=128"，"http://www.gdgygj.com/3.asp"，"http://www.gdgygj.com/2.asp"；为 "教学楼"，"办公楼"、"校门"、"信息楼" 4 个图片设置超链接分别为，"http://218.15.57.67/ztxc/zhutixiangce/photo_display.asp?id=1445&type=128"，"http://218.15.57.67/ztxc/zhutixiangce/photo_display.asp?id=1448&type=128"，http://218.15.57.67/ztxc/zhutixiangce/photo_display.asp?id=1450&type=128，"http://218.15.57.67/ztxc/zhutixiangce/photo_display.asp?id=1449&type=128"。优化图像发布成网页格式，如图 8.10 所示。

8.2　制作风车动画

8.2.1　案例效果

8.2.2　案例目的

通过案例的学习，读者可掌握利用 Photoshop CS4 制作动画的方法，熟悉【动画】面板的使用，制作图像的动画效果。

8.2.3　案例分析

本案例具体学习"风车"旋转运动的制作方法。通过对 Photoshop CS4 软件【动画】面板的学习、使用以及对动画的编辑方法，制作具体的"风车"旋转运动效果。该案例大致步骤是：第 1 步旋转风车叶轮；第 2 步创建动画帧；第 3 步编辑动画。

8.2.4　技术实训

1. 旋转风车叶轮

(1) 打开本书配套素材"Ph8/风车.jpg"文件，如图 8.11 所示。选中"图层 1"，按 Ctrl+T 组合键自由变换图形，其属性栏设置如图 8.12 所示。

图 8.11

(2) 单击属性栏中的【进行变换】按钮✔，确认旋转变换，将风车叶轮图形进行逆时针旋转 45 度。

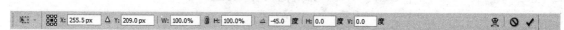

图 8.12

(3) 按 Alt+Ctrl+Shift+T 组合键 7 次。对图形连续旋转复制，分别创建 7 个"图层 1 副本"图层，如图 8.13 所示。

2. 创建动画帧

1) 方法一

(1) 打开【动画】面板，在【动画】面板中单击▤按钮，在弹出的菜单中选择【从图层建立帧】命令，这样依据各个图层创建动画中的每一帧，如图 8.14 所示。

图 8.13

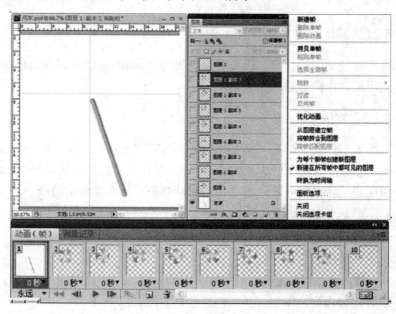

图 8.14

(2) 将"背景"层和"图层 2"分配到每一帧中，可以保持风车动画每一帧图形的完整性。选择"背景"层，在【动画】面板中单击▤下拉按钮，在弹出的菜单中选择【跨帧匹配图层】命令，如图 8.15 所示。同理匹配"图层 2"到各帧。效果如图 8.16 所示。

图 8.15

图 8.16

(3) 动画第一帧与最后一帧是不需要的，选择两帧，在【动画】面板中单击【删除所选帧】按钮 🗑，弹出删除帧提示框，如图 8.17 所示。单击 是(Y) 按钮，删除不要的帧，效果如图 8.18 所示。

图 8.17

图 8.18

2) 方法二

(1) 在【动画】画板中选中第一帧，单击【复制所选帧】 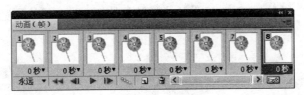 按钮 7 次，复制 7 帧动画，如图 8.19 所示。

图 8.19

(2) 对每帧进行对应图层可见性设置。如：选择第一帧，将"图层 1 副本"至"图层 1 副本 7"可视性关闭(单击 图标)，如图 8.20、图 8.21 所示。选择下一帧，将各帧图层的可见性进行对应的设置。

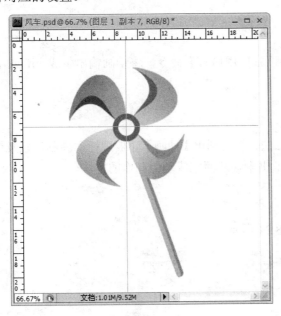

图 8.20

图 8.21

3．编辑动画

(1) 调整动画的延迟时间，在【动画】面板中单击 按钮，在弹出的菜单中选择【选择全部帧】命令。在【动画】面板中，单击图像下【选择帧延迟时间】按钮 0秒▼，如图 8.22 所示，设定 0.2 秒延迟时间。

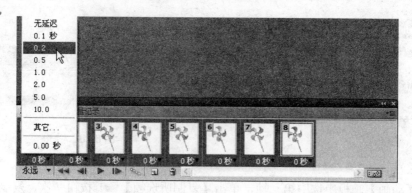

图 8.22

(2) 设置完成，单击【动画】面板中的【播放】按钮 ▶，播放预览动画效果，如图 8.23 所示。

图 8.23

(3) 执行【文件】→【存储为 Web 和设备所用格式】命令，将动画输出生成 gif 或 html 格式。

8.2.5　案例小结

本案例主要介绍"风车"动画的制作方法，学会利用【动画】面板进行动画制作以及通过对每帧图层的可见性设置，将运动轨迹表示出来，从而完成动画制作的方法。

8.2.6　举一反三

制作给花浇水，花的生长动画，如图 8.24 所示。

图 8.24

第**9**章　通道、动作及任务自动化

 技能点

1. 通道的基本应用
2. Alpha 通道的运算
3. 动作的录制及使用
4. 任务自动化操作方法

 说　明

　　本章主要通过 3 个案例来介绍通道的使用，如何录制动作和使用动作提高重复性工作效率以及在 Photoshop CS4 中如何实现工作任务的自动化。重点介绍了通道的使用、动作的制作方法。

在 Photoshop 软件中，了解通道的知识，将更好的帮助读者理解图像处理的原理，在充分理解通道主要是用于存储图像的颜色和选区信息的基础上，掌握其用法，制作一些特殊效果的图像。

利用动作可以帮助操作者快速处理图像，简化操作步骤，使一些重复性的劳动变得简单、易行。同时将其与批处理方式相结合实现了图像处理的自动化，大大地提高了工作效率。

9.1　制作几种特效相

9.1.1　案例效果

9.1.2　案例目的

通过本案例的学习，读者可了解通道在图像处理中的基本作用，掌握应用通道制作图像特效，制作羽化选区的方法。

9.1.3　案例分析

本案例用具体的操作过程，让读者了解如何运用通道制作图像特效，如：黑白图、特殊图，以及学习如何运用【Alpha】通道制作羽化选区，得到图层间的自然融合效果。明白通道主要是保存颜色和选区信息。该案例大致步骤是：第 1 步通道的分离与合并；第 2 步【Alpha】通道的应用。

9.1.4　技术实训

1.　通道的分离与合并

(1) 打开本书配套素材"Ph9/1.jpg"文件，如图 9.1 所示。在【通道】面板中，单击 按钮。在弹出的菜单中选择【分离通道】命令，将当前图像文件的各通道分离。分离后的各文件都以文件名加通道名称的缩写来重新命名，且均为灰度图，如图 9.2 所示。

图 9.1

图 9.2

(2) 选择其中黑白色对比较好的文件(本例选择文件名为"1.jpg_B"文件作为该图的黑白色图)，另存为"黑白相1.jpg"文件。也可以执行【图像】→【调整】命令下相应命令对图像进行进一步的调整，以达到更好的效果。

(3) 再次单击【通道】面板中的 ▤ 按钮，在弹出的菜单中选择【合并通道】命令，打开【合并通道】对话框，如图9.3所示进行设置。

(4) 单击【合并通道】对话框中的【确定】按钮，将显示【合并 RGB 通道】对话框。在该对话框中可分别指定各通道，如图9.4所示。

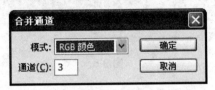

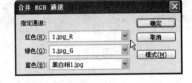

图 9.3

图 9.4

(5) 单击【合并 RGB 通道】对话框中的【确定】按钮，图像将又重新恢复原样。

(6) 若单独对红色通道执行【图像】→【调整】→【曲线】命令调整色调，如图9.5所示参数进行调整，可得到一特殊效果的图像，如图9.6所示，将结果以"特效相1.jpg"为文件名保存。

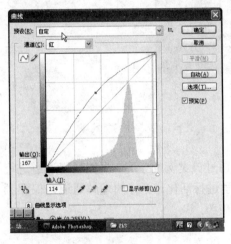

图 9.5

图 9.6

2.【Alpha】通道的应用

(1) 打开本书配套素材"Ph9/1.jpg"文件和"Ph9/2.psd"文件。将"Ph9/2.psd"文件中的"图层1"内容复制到"1.jpg"文件中，用【移动工具】调整好位置，如图9.7所示。

(2) 单击【通道】面板中的【创建新通道】按钮 ▢，建立一个"Alpha 1"通道。用【渐变工具】对"Alpha 1"通道进行黑白的线性渐变填充，如图9.8所示。

(3) 按住 Ctrl 键，用鼠标单击"Alpha 1"通道前的【通道缩览图】，或单击【通道】面板的【将通道作为选区载入】按钮 ◯，调出"Alpha 1"通道的选区。单击"RGB"主通道，回到主色通道中。单击"图层1"，将其置为当前层，按 Del 进行删除，制作出人像与背景图像自然融合效果。按 Ctrl+D 组合键，取消选区。效果如图9.9所示。

(4) 将结果以"合成相.psd"为文件名保存。

图 9.7

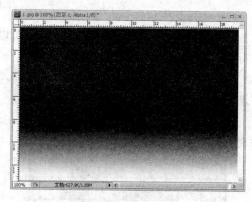

图 9.8

图 9.9

9.1.5　案例小结

本案例主要介绍了通道的一些基本使用方法。读者通过该案例的学习，掌握利用通道进行黑白图像，图像融合，图像特效处理等制作，学会将所学进行活化。更好的理解通道是保存颜色和选区信息。

9.1.6　举一反三

打开本书配套素材"Ph9/3.jpg"文件和素材"Ph9/4.jpg"文件，通过对通道应用制作海市蜃楼效果以及黑白图、特效图效果，如图 9.10、图 9.11、图 9.12 所示。将结果分别以"海市蜃楼.psd"、"黑白相 2.jpg"、"特效相 2.jpg"为文件名保存。

图 9.10

图 9.11

图 9.12

9.2 制作特效字

9.2.1 案例效果

9.2.2 案例目的

通过案例的学习，可使读者掌握运用【Alpha】通道进行复杂运算，制作特殊的灯管字效果。

9.2.3 案例分析

本案例具体学习夜晚城市中的"霓虹灯"灯管字的特效制作方法。通过对【Alpha】通道的复制、模糊处理，制作不同的灰度边缘，再通过对两【Alpha】通道进行差值运算得到特殊效果的新通道。将新通道复制至主通道中，着上七彩色渐变颜色制作出特效字。该案例大致步骤是：第 1 步文字通道的建立；第 2 步复制通道；第 3 步通道的运算；第 4 步文字上色。

9.2.4 技术实训

1. 文字通道的建立

(1) 按 Ctrl+N 组合键，打开【新建】对话框，参数设置如图 9.13 所示。

图 9.13

(2) 新建一个"Alpha 1"通道，用【横排文字蒙版工具】，其属性栏设置如图 9.14 所示。在"Alpha 1"通道中输入"霓虹灯"字样，如图 9.15 所示。

图 9.14

(3) 将前景色设为白色，按 Alt+Del 组合键对选区进行填充，按 Ctrl+D 组合键取消选区。在通道中得到白色文字，如图 9.16 所示。

图 9.15

图 9.16

2. 复制通道

在【通道】面板上，将"Alpha 1"通道拖动到【创建新通道】按钮 ，复制一个"Alpha 1 副本"通道。将该通道执行【滤镜】→【模糊】→【高斯模糊】命令，参数如图 9.17 所示。

3. 通道的运算

执行【图像】→【计算】命令，如图 9.18 所示进行设置，得到一个"Alpha 2"通道，如图 9.19、图 9.20 所示。

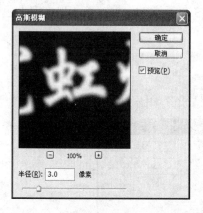

图 9.17

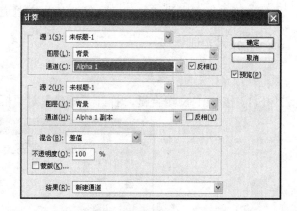

图 9.18

图 9.19

图 9.20

4．文字上色

(1) 按 Ctrl+A 组合键全选"Alpha 2"通道，按 Ctrl+C 组合键复制"Alpha 2"通道中的内容。单击"RGB"主通道，返回主色通道。按"Ctrl+V"组合键粘贴，得到一个新图层"图层 1"，如图 9.21 所示。

(2) 执行【图像】→【调整】→【反相】命令，将图像内容全部反相，如图 9.22 所示。

图 9.21　　　　　　　　　　　　　　　图 9.22

(3) 使用【渐变工具】，其属性栏设置如图 9.23 所示。给图像着七彩的渐变色，如图 9.24 所示。七彩的灯管字就制作好，效果如图 9.25 所示。

图 9.23

图 9.24　　　　　　　　　　　　　　　图 9.25

9.2.5　案例小结

本案例主要介绍了特效字的制作方法。读者通过该案例的学习，学会对【Alpha】通道进行高级运算，充分掌握通道在图像处理中的特殊作用，是对所学知识的进一步提高。

9.2.6　举一反三

通过对通道的运用，制作"凹陷字——泥墙"，如图 9.26 所示。

图 9.26

9.3　动作及任务自动化

9.3.1　案例效果

说明：对一个文件夹中的几个对象自动进行统一化特效处理。

9.3.2　案例目的

通过本案例的学习，读者可掌握简单动作制作过程，以及如何对一批图像进行同一动作的处理，达到工作过程的自动化，大大提高制图的效率。

9.3.3　案例分析

本案例学习具体录作动作的方法以及任务自动化的处理。首先依据生活实际需要，往往要对一批照片进行统一尺寸、调色、增加个别艺术效果、加边框等设计编制一个动作，然后将编制好的动作与批处理结合应用，实现任务的自动化操作。该案例大致步骤是：第 1 步动作的编制；第 2 步任务的自动化。

9.3.4　技术实训

1. 动作的编制

(1) 打开本书配套素材 "Ph9/5.jpg" 文件，使用该文件录制一个新动作。执行【窗口】→【动作】命令，打开【动作】面板。单击【动作】面板的【创建新动作】按钮，如图 9.27所示设置【新建动作】对话框参数，单击【记录】按钮确认，新建一个名为 "自编动作" 新动作。此时【开始记录】按钮呈红色表示开始记录操作过程，状态如图 9.28 所示。

图 9.27

图 9.28

(2) 选择【裁剪工具】，将属性如图 9.29 所示进行设置，对图像进行统一尺寸的裁剪，如图 9.30 所示。

图 9.29

(3) 执行【图像】→【调整】→【亮度/对比度】命令，如图 9.31 所示进行图像调亮处理，得如图 9.32 所示效果。

图 9.30

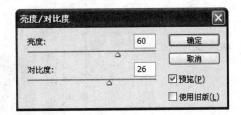

图 9.31

(4) 执行【滤镜】→【画笔描边】→【喷色描边】命令，如图 9.33 所示进行设置参数。单击【确定】按钮，给图像增加了特效处理，效果如图 9.34 所示。

图 9.32

图 9.33

(5) 按 Ctrl+A 组合键选定全部对象，执行【编辑】→【描边】命令，打开【描边】对话框，如图 9.35 所示进行设置参数，对选框进行黑色描边。按 Ctrl+D 组合键取消选区。

(6) 将背景色设为白色，执行【图像】→【画布大小】命令，打开【画布大小】对话框，如图 9.36 所示设置。给图像增加边框效果，如图 9.37 所示。

(7) 在【动作】面板中单击【停止播放/记录】按钮 ，停止动作的编辑。一个名为"自编动作"的动作录制完成，整个步骤如图 9.38 所示。

图 9.34

图 9.35

图 9.36

图 9.37

图 9.38

2. 任务的自动化

(1) 打开本书配套素材"Ph9/石林图片"文件夹，可以看到其中有两个图片文件，大小各不相同，如图 9.39 所示。

(2) 在桌面上新建一个名为"石林水彩"的文件夹，然后执行【文件】→【自动】→【批处理】命令，弹出【批处理】对话框，如图 9.40 所示进行设置。

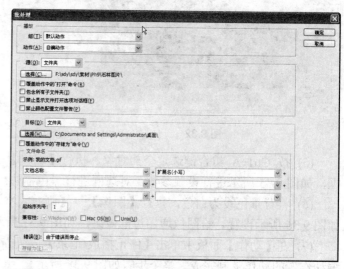

图 9.39

图 9.40

(3) 单击【确定】按钮，Photoshop 将自动对"Ph9/石林图片"文件夹中所有的图像进行统一尺寸、调色、加边框处理。前后对比效果如图 9.41、图 9.42 所示。

图 9.41

图 9.42

9.3.5 案例小结

本案例主要介绍了"自编动作"动作制作方法，以及对任务如何实现自动化操作。读者通过该案例的学习，能初步掌握制作动作的方法与使用，体会到动作在图像处理中带来的便捷。

使用 Photoshop 自带的【动作】，只需要在【动作】面板中单击【播放选定的动作】按钮 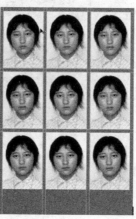。
如若对【动作】中的参数设置进行重新更改，可以在【动作】面板中打开【对话切换开/关】
选项框，在播放中根据需要进行更改。

9.3.6 举一反三

制作动作小一寸人头相在 3R 尺寸文件中的排版，如图 9.43 所示。并对"Ph9/小一寸相"
文件夹中的两张人物相运用任务自动化。

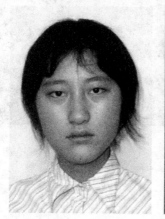

图 9.43

第**10**章 综合案例

技能点

1. 综合技能的运用
2. 常见网页按钮的制作方法

说 明

通过前面内容的学习,读者已掌握了 Photoshop CS4 软件各种工具和命令的使用方法。对于平面设计爱好者来说,这些还远远不够。要想在平面设计中做出精美的作品,还需要勤奋学习,不断实践才能够逐步提高。本章通过两个案例对前面所学知识进行复习巩固,进一步提高读者的绘图能力。也是对学习内容的再认识,再实践,再提高。

10.1 制作图书封面

10.1.1 案例效果

10.1.2 案例目的

本案例主要通过制作图书封面，巩固所学知识，将所学知识灵活运用。

10.1.3 案例分析

本案例通过对具体实例制作，巩固：文字属性设置；文字与路径的匹配；图层样式的设置（投影、斜面浮雕、渐变叠加、描边）；渐变工具的运用；选区与选区的描边；波浪滤镜；调整命令；路径的描边；图层蒙版等所学知识点，提高综合运用知识的能力。该案例大致步骤是：第 1 步图书封面正面效果制作；第 2 步图书背面效果制作；第 3 步书脊效果制作。

10.1.4 技术实训

1. 图书封面正面效果制作

(1) 按 Ctrl+N 组合键新建一文件，如图 10.1 所示设置。

(2) 执行【视图】→【新建参考线】命令，弹出【新建参考线】对话框，在对话框【取向】中选中【垂直】单选按钮，在【位置】处分两次输入"18.6 厘米"和"20 厘米"。新建两条垂直参考线，两条垂直参考线中间的区域作为书脊区。

(3) 打开本书配套素材"Ph10/1.jpg"文件。将该文件全选、复制、粘贴到新文件中。选择工具箱中的【移动工具】，调整图像在文件中的位置，如图 10.2 所示。此时，系统自动生成"图层 1"。

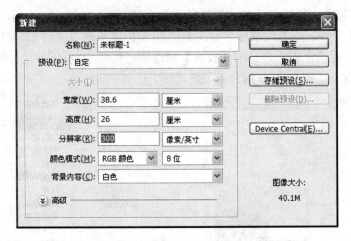

图 10.1

(4) 单击【图层】面板下的【添加图层蒙版】按钮 ，给"图层 1"添加蒙版，如图 10.3 所示。

图 10.2

图 10.3

(5) 将前景色设为黑色，背景色设为白色。选择【渐变工具】，在"图层 1"蒙版中进行从上到下的黑白线性渐变，制作红叶与背景色的融合效果，如图 10.4 所示。

图 10.4

(6) 在【图层】面板中，单击【创建新图层】按钮 ，新建一图层，系统自动生成"图层 2"。使用【矩形选框】工具，画一宽、高比为 2∶2.4 的矩形选区，并填充白色，如图 10.5 所示。

(7) 单击【图层】面板下的【添加图层样式】按钮 fx，如图 10.6 所示，在展开的下拉菜单中选择【投影】命令；或者用鼠标按如图 10.7 所示位置双击"图层 2"空白处，打开【图层样式】对话框，在对话框中单击选中【投影】复选框，如图 10.8 所示进行参数的设置，给矩形增加黑色杂边效果。按 Ctrl+D 组合键取消选区。

图 10.5

图 10.6

图 10.7

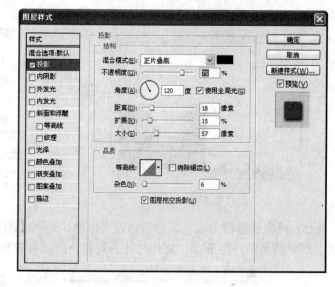

图 10.8

(8) 复制"图层 2"，得到"图层 2 副本"。使用【移动工具】将"图层 2"中的内容向右上方移动一定距离，如图 10.9 所示，制作出两个层叠的矩形框。

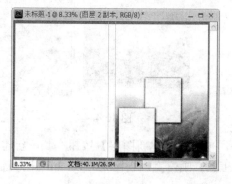

图 10.9

(9) 打开本书配套素材"Ph10/2.jpg"文件，执行【图像】→【调整】→【去色】命令，将图像中的色彩去除。执行【图像】→【调整】→【照片滤镜】命令，打开【照片滤镜】对话框，如图 10.10 所示进行设置，对图像进行加统一黄色处理，制作出夕阳西下的效果，如图 10.11 所示。

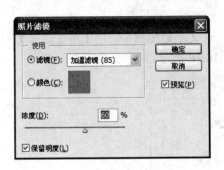

图 10.10

图 10.11

(10) 将"2.jpg"文件全选、复制。在新文件中，按住 Ctrl 键，在【图层】面板中，单击"图层 2 副本"中的缩略图，调出该层的实体选区。执行【编辑】→【粘入】命令，将"人物"图像粘贴入选区中，用【移动工具】 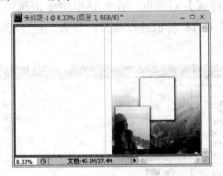 调整好位置，用【自由变换】命令调整大小，效果如图 10.12 所示。

图 10.12

图 10.13

(11) 打开本书配套"素材 Ph10/3.jpg"文件，按上面粘贴"人物"图像方法，将"茶杯"图像粘贴入"图层 2"的矩形框中，用【自由变换】命令调整大小，用【移动工具】 调整好位置，效果如图 10.13 所示。

(12) 使用【钢笔工具】在新文件中绘制一曲线，如图 10.14 所示。

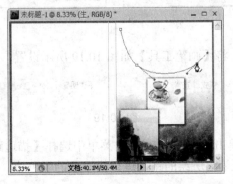

图 10.4

(13) 使用【横排文字工具】，将属性栏如图 10.15 所示设置。

图 10.15

将光标移至路径上，单击并输入文字"品味"，让文字适配路径。用【路径选择】工具 ，
拖动文字的起点，调整文字在路径上的位置，如图 10.16 所示。

图 10.16

(14) 双击"品味"文字层空白处，打开【图层样式】对话框，在对话框中单击选中【渐
变叠加】复选框和【描边】复选框，如图 10.17、图 10.18 所示进行参数的设置，给文字增加
特效设置。

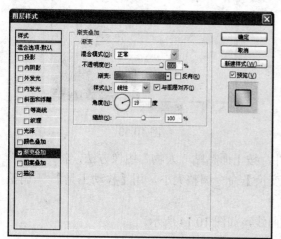

图 10.17

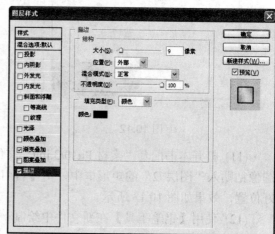

图 10.18

(15) 新建"图层 5"，将【画笔工具】如图 10.19 所示设置。

图 10.19

在【路径】面板中，单击 按钮，在下拉菜单中选择【描边路径】命令，打开【描边路
径】对话框，用设置好的画笔对所绘的路径进行描 9px 的黑色边，将"图层 5"置换到"品味"
文字层下，如图 10.20 所示。

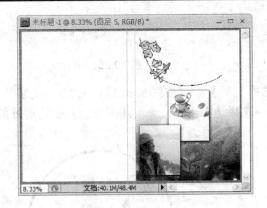

图 10.20

(16) 使用【横排文字工具】，将属性栏如图 10.21 所示设置，输入文字"人"。执行【图层】→【栅格化】→【文字】命令，将文字层转换为普通层。

图 10.21

(17) 按住 Ctrl 键，在【图层】面板中，单击"人"图层中的缩略图，调出该层的实体选区。使用【渐变工具】，将属性栏如图 10.22 所示设置。

图 10.22

对"人"字进行七彩的径向渐变填充。按 Ctrl+D 组合键取消选区，效果如图 10.23 所示。

(18) 对"人"图层进行【斜面和浮雕】图层样式设置，如图 10.24 所示。

图 10.23

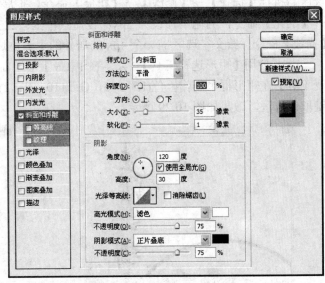

图 10.24

(19) 使用【横排文字工具】 T，将属性栏如图 10.25 所示设置，输入文字"生"。

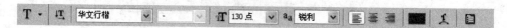

图 10.25

(20) 使用【椭圆选框工具】○，按住 Shift 键，在"生"文字外围画一正圆选区，新建"图层 6"，执行【编辑】→【描边】命令，给正圆画一个 9px 的居外的黑色边，如图 10.26 所示。

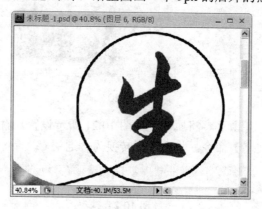

图 10.26

(21) 使用【直排文字工具】↓T，将属性栏如图 10.27 所示设置，文字颜色(R：127，G：4，B：4)，输入文字"生活文摘"。

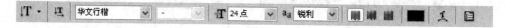

图 10.27

(22) 新建"图层 7"，按住 Ctrl 键，单击"生活文摘"图层中的缩略图，调出该层的实体选区。执行【选择】→【修改】→【扩展】命令，扩展量设为 5px；执行【选择】→【修改】→【羽化】命令，羽化半径设为 2px；设前景色(R：223，G：175，B：47)，执行【编辑】→【描边】命令，给文字选区描一个 4px 的居外的土黄色边，如图 10.28 所示。

(23) 使用【矩形选框工具】▢，在图中最上端绘制一矩形选区，新建"图层 8"，用【渐变工具】在矩形框中制作橙色(R：255，G：110，B：2)到纯黄色的线性渐变。按 Ctrl+D 组合键取消选区，效果如图 10.29 所示。

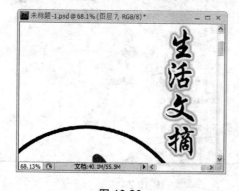

图 10.28

图 10.29

(24) 执行【滤镜】→【扭曲】→【波浪】命令，如图 10.30 所示设置。

(25) 用【移动工具】 调整图像在文件中的位置，并将"图层 8"置为最下层。图书封面正面效果如图 10.31 所示。

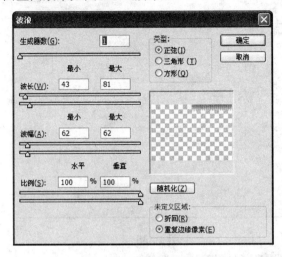

图 10.30   图 10.31

2. 图书背面效果制作

(1) 将"图层 8"复制得"图层 8 副本"，执行【编辑】→【变换】→【水平翻转】命令，将图像内容翻转。用【移动工具】 调整图像置于文件左上角，对齐两层内容，如图 10.32 所示。

图 10.32

(2) 使用【直排文字工具】 ，将属性栏如图 10.33 所示设置，文字颜色任意，输入文字"品味人生"。

图 10.33

(3) 单击属性栏的【创建文字变形】按钮 ，如图 10.34 所示设置变形效果。

(4) 对"品味人生"图层进行【斜面和浮雕】、【渐变叠加】、【描边】图层样式设置，如图 10.35、图 10.36、图 10.37 所示。

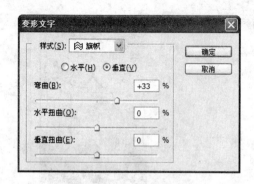

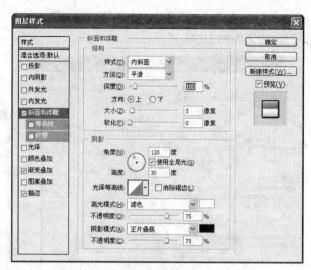

图 10.34 图 10.35

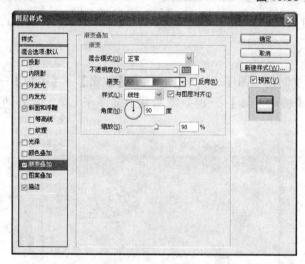

图 10.36

(5) 打开本书配套素材 "Ph10/4.jpg、5.jpg" 文件。将两文件分别全选，复制，粘贴到新文件中。选择工具箱中的用【移动工具】 分别调整图像在文件中的位置，如图 10.38 所示。

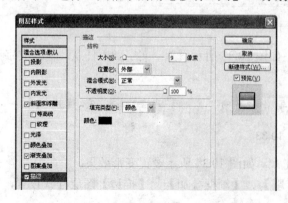

图 10.37 图 10.38

(6) 将风景图所在的"图层 10"放置到"品味人生"图层下方,给其添加蒙版。用黑到白的渐变色编辑蒙版,制作出图像与背景融合的效果,如图 10.39 所示。

(7) 使用【矩形选框工具】,在图中绘制一矩形选区,新建"图层 11",用橙色(R:250,G:122,B:9)填充,如图 10.40 所示。(注意:选择【视图】→【对齐】命令)

图 10.39　　　　　　　　　　　　　图 10.40

(8) 选择【移动工具】,按住 Alt 键,向左移动,对齐橙色矩形边缘,复制一矩形,按 Ctrl+T 组合键变换矩形的长度,设前景色(R:250,G:179,B:9),按住 Alt+Del 键更改填充。用同样的方法再制作一小矩形,更改填充(R:250,G:213,B:9),如图 10.41 所示。

图 10.41

(9) 使用【直排文字工具】,将属性栏如图 10.42 所示设置,文字颜色(R:152,G:82,B:6),输入文字"感悟人生,采撷人性光辉,倾听人生忠言,开启心灵,把握生活真谛",行距为 36 点,放入图中合适位置,如图 10.44 所示。

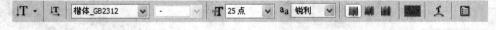

图 10.42

(10) 在【图层】面板中,单击【创建新图层】按钮,新建一图层。使用【横排文字工具】,将属性栏如图 10.43 所示设置,文字颜色为黑色,输入"ISBN 7-5634-124-4/G.22 全套五册定价:169 元"文字,放入合适位置,效果如图 10.44 所示。

图 10.43

图 10.44

3. 书脊效果制作

(1) 使用【矩形选框工具】 ，在图中两参考线间绘制一矩形选区，新建"图层 12"，将"图层 12"置为顶层。使用【渐变工具】，将【渐变编辑器】设为"橙，黄，橙渐变"，在矩形框中制作一"橙—黄—橙"的线性渐变。按 Ctrl+D 组合键取消选区，效果如图 10.45 所示。

(2) 将"生活文摘"文字层以及其外围描边所在"图层 7"复制，用【自由变换】命令调整大小，用【移动工具】移入书脊上端。将"品味人生"文字层复制，去除文字变形，文字变小为 36 点，放入书脊的中央。

(3) 在【图层】面板中，单击【创建新图层】按钮 ，新建一图层。使用【直排文字】工具 ，输入华文行楷，18 点黑色文字"东方出版社"。调整图层的前后次序，最终效果如图 10.46 所示。

图 10.45   图 10.46

10.1.5 案例小结

本案例主要通过制作图书封面，巩固前面所学知识，得到对知识的灵活运用和活化。

10.2 制作网页按钮

10.2.1 案例效果

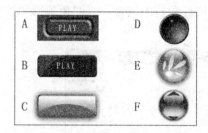

10.2.2 案例目的

本案例主要通过制作网页按钮，熟悉几种常用按钮的制作方法，提高综合绘图能力。

10.2.3 案例分析

本案例通过对几种常用网页的按钮制作，巩固选区与选区的运算，图层样式的设置，渐变工具的使用，滤镜的使用，形状与路径，自由变换命令等所学知识点，提高综合运用知识的能力。该案例大致步骤是：第 1 步制作 A 按钮；第 2 步制作 B 按钮；第 3 步制作 C 按钮；第 4 步制作 D 按钮；第 5 步制作 E 按钮；第 6 步制作 F 按钮。

10.2.4 技术实训

1. A 按钮的制作

(1) 启动 Photoshop CS4 软件，执行【文件】→【新建】命令，弹出【新建】对话框，具体设置如图 10.47 所示。

(2) 将前景色设为#737373，按 Alt+Del 组合键，用前景色填充背景层，如图 10.48 所示。

图 10.47

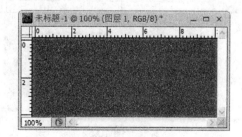

图 10.48

(3) 在【图层】面板中，单击【创建新图层】按钮 ⊡ 新建一图层，系统自动生成【图层 1】。

(4) 在工具箱中选择【圆角矩形工具】 ▭ ，将属性栏如图 10.49 所示进行设置，在图层 1 中画一圆角矩形。

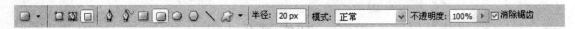

图 10.49

(5) 双击"图层 1"空白处，打开【图层样式】对话框，在对话框中单击选中【斜面和浮雕】复选框，如图 10.50 所示进行参数的设置，给圆角矩形增加特效设置，制作出按钮的立体化效果，如图 10.51 所示。

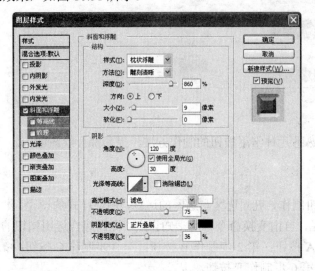

图 10.50

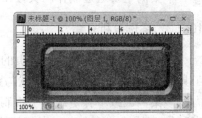

图 10.51

(6) 使用【直排文字工具】 ，输入宋体文字"PLAY"，文字颜色为白色，大小为 36 点。用【移动工具】 调整好位置，效果如图 10.52 所示。最后将文件保存即可。

2. B 按钮的制作

(1) 执行【窗口】→【历史记录】命令，打开【历史记录】面板。在【历史记录】面板中单击快照"未标题-1"，返回最初状态，以制作 A 按钮文件的大小为新文件大小，如图 10.53 所示。

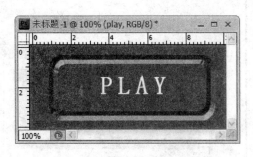

图 10.52

图 10.53

(2) 在【图层】面板中，单击【创建新图层】按钮 新建一图层，系统自动生成"图层 1"。

(3) 将前景色设为# 0898d4。在工具箱中选择【圆角矩形工具】 ，将属性栏如图 10.54 所示进行设置，在"图层 1"中画一圆角半径为 10px 的圆角矩形。

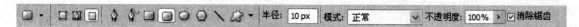

图 10.54

(4) 按住 Ctrl 键, 单击 "图层 1" 中的缩略图, 调出该层的实体选区。使用【椭圆选框工具】 ◯, 将属性栏【与选区交叉】 ◨ 选中。画一椭圆与原选区进行交叉得到一特殊选区, 如图 10.55 所示。

(5) 将前景色设为#0667b8, 按 Alt+Del 组合键, 用前景色填充选区, 按 Ctrl+D 组合键取消选区, 如图 10.56 所示。

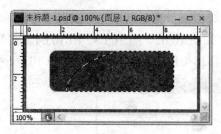

图 10.55

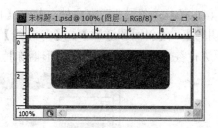

图 10.56

(6) 双击 "图层 1" 空白处, 打开【图层样式】对话框, 在对话框中单击选中【斜面和浮雕】复选框, 如图 10.57 所示进行参数的设置, 给圆角矩形增加特效设置, 制作出按钮的立体化效果。

(7) 使用【直排文字工具】 T, 输入宋体文字 "PLAY", 文字颜色为白色, 大小为 36 点。用【移动工具】 ▶ 调整好位置, 效果如图 10.58 所示。最后将文件保存即可。

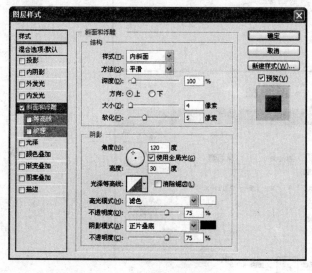

图 10.57

图 10.58

3. C 按钮的制作

(1) 将前景色设为纯绿色(#00ff00), 按上面制作 B 按钮的(1)、(2)、(3)步骤方法制作一纯绿色圆角矩形, 如图 10.59 所示。

(2) 将 "图层 1" 复制, 得 "图层 1 副本", 如图 10.60 所示。

(3) 用【自由变换】命令调整图像大小，如图 10.61 所示。

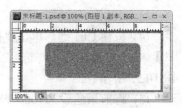

图 10.59　　　　　　　　　　图 10.60　　　　　　　　　　图 10.61

(4) 双击"图层 1"空白处，打开【图层样式】对话框，在对话框中单击选中【投影】、【内阴影】、【斜面和浮雕】、【等高线】等复选框，如图 10.62、图 10.63、图 10.64、图 10.65 所示进行参数的设置，给圆角矩形增加特效设置，制作出按钮的立体化效果，如图 10.66 所示。

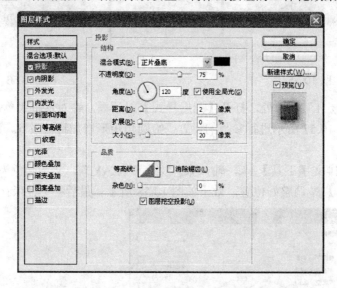

图 10.62

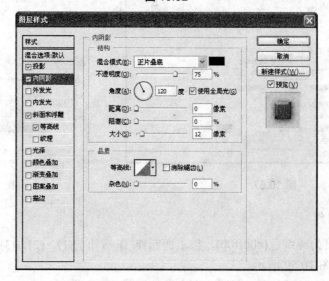

图 10.63

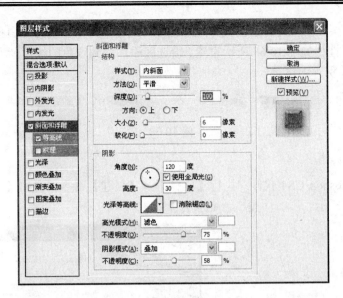

图 10.64

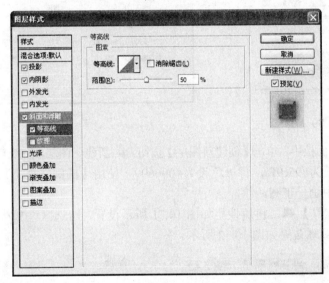

图 10.65

(5) 按住 Ctrl 键,单击"图层 1"中的缩略图,调出该层的实体选区。使用【椭圆选框工具】 ○,,将属性栏【从选区减去】 □选中,得到一特殊选区,如图 10.67 所示。

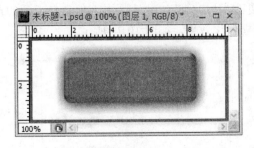

图 10.66

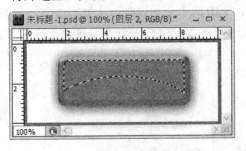

图 10.67

(6) 新建"图层 2"，将前景色设为纯绿色(#00ff00)，背景色设为纯白色(#ffffff)。用【渐变工具】，将属性栏如图 10.68 所示设置。给选区添加白到绿色的线性渐变，效果如图 10.69 所示。最后将文件保存即可。

图 10.68

4. D 按钮的制作

(1) 启动 Photoshop CS4 软件，执行【文件】→【新建】命令，弹出【新建】对话框，具体设置如图 10.70 所示。

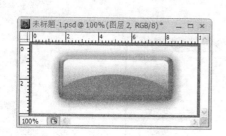

图 10.69

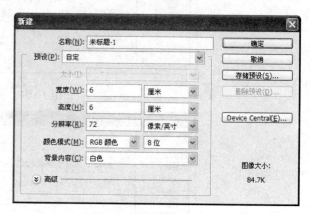

图 10.70

(2) 在【图层】面板中，单击【创建新图层】按钮新建一图层，系统自动生成"图层 1"。

(3) 将前景色设为#95c9fc，背景色设为#006699。使用【椭圆选框工具】，按住 Shift 键，在"图层 1"中画一正圆。

(4) 用【渐变工具】，将属性栏如图 10.71 所示设置，给选区添加从左上角到右下角的径向渐变，制作出圆球效果如图 10.72 所示。

图 10.71

(5) 执行【选择】→【变换选区】命令，将选区缩小。再次使用【渐变工具】，用上面的渐变色从右下角到左上角的进行拖拉，制作两次不同方向的渐变色。如图 10.73 所示。

(6) 用上面同样的方法缩小选区，将背景色更改为#104d8b，从选区右下角到左上角的再次进行拖拉，按 Ctrl+D 组合键取消选区，制作出立体化效果，如图 10.74 所示。

图 10.72

图 10.73

图 10.74

(7) 新建"图层 2"，使用【椭圆选框工具】 ，画一小椭圆选区，并羽化 2px。用前景色(#95c9fc)进行填充。用【自由变换】命令调整角度，制作按钮中的局部高光部分，如图 10.75 所示。最后将文件保存即可。

5．E 按钮的制作

(1) 执行【窗口】→【历史记录】命令，打开【历史记录】面板。在【历史记录】面板中单击快照"未标题-1"，返回最初状态，以制作 D 按钮文件的大小为新文件大小，如图 10.76 所示。

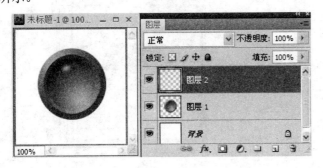

图 10.75　　　　　　　　　　　　　　　图 10.76

(2) 在【图层】面板中，单击【创建新图层】按钮 新建一图层，系统自动生成"图层 1"。

(3) 将前景色设为#fee0ca，背景色设为#e15e02。使用【椭圆选框工具】 ，按住 Shift 键，在"图层 1"中画一正圆。

(4) 用【渐变工具】 ，将属性栏按如图 10.77 所示设置，给选区添加从下到上的径向渐变，制作出圆球效果如图 10.78 所示。

图 10.77

(5) 使用【减淡工具】 ，对中间的高光区域进行涂抹，按 Ctrl+D 组合键取消选区。

(6) 使用【椭圆选框工具】 ，在图像上方画一椭圆选区。用【渐变工具】 ，在【渐变编辑器】对话框中选择前景色到透明色的渐变，如图 10.79 所示。

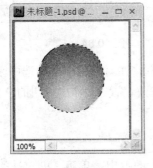
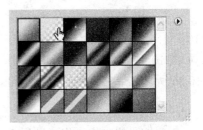

图 10.78　　　　　　　　　　　　图 10.79

将属性栏如图 10.80 所示设置。

图 10.80

在选区中从上到下制作一"前景色到透明"的线性渐变，按 Ctrl+D 组合键取消选区，如图 10.81 所示。

(7) 新建"图层 2"，使用【钢笔工具】在图中绘制路径，如图 10.82 所示。

图 10.81

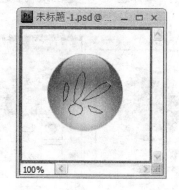

图 10.82

(8) 在【路径】面板下，单击【将路径作为选区载入】按钮，将路径转换为选区，并用白色填充，按 Ctrl+D 组合键取消选区，如图 10.83 所示。

(9) 将"图层 2"的【图层混合模式】设为"叠加"，【不透明度】设为"79%"，效果如图 10.84 所示。

图 10.83

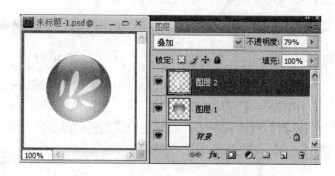

图 10.84

(10) 双击"图层 1"空白处，打开【图层样式】对话框，在对话框中单击选中【投影】复选框，如图 10.85 所示进行参数的设置，给圆角矩形增加特效设置，制作出按钮的立体化效果，如图 10.86 所示。最后将文件保存即可。

6. F 按钮的制作

(1) 在 E 按钮的制作中将"图层 2"删除，在【图层】面板中，单击【创建新的填充或调整图层】按钮，在下拉菜单中选择【色相/饱和度】命令，在【调整】面板中将色相更改为-23，如图 10.87、图 10.88 所示，更改图像的色彩，效果如图 10.89 所示。

(2) 在【图层】面板中，单击【创建新图层】按钮新建一图层，系统自动生成"图层 2"。

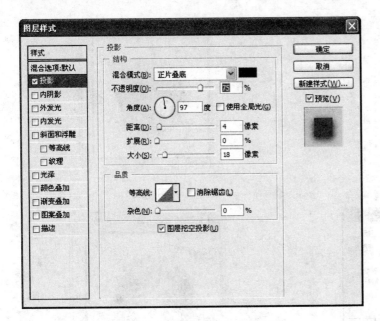

图 10.85　　　　　　　　　　　　　　　　　图 10.86

(3) 将前景色设为# 535353，使用【椭圆选框工具】 ，按住 Shift 键，在"图层 1"中画一正方形。用前景色进行填充，如图 10.90 所示。

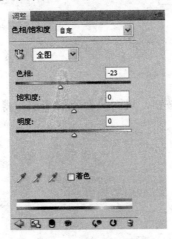

图 10.87　　　　　　　　　图 10.88　　　　　　　　　图 10.89

(4) 使用【自由变换】命令，将正方形旋转-45 度。按 Ctrl+D 组合键取消选区。再次使用【矩形选框工具】 ，按住 Shift 键，在"图层 1"中画一正方形选区(注意：选择【视图】→【对齐】命令)，对齐中心，如图 10.91 所示。

(5) 按 Del 键，删除选区中的内容。按 Ctrl+D 组合键取消选区。

(6) 使用【减淡工具】 ，对 4 个箭头进行中间的高光区域制作。

(7) 按住 Ctrl 键，单击"图层 1"中的缩略图，调出该层的实体选区。执行【滤镜】→【扭曲】→【球面化】命令，如图 10.92 所示设置参数，制作箭头贴在球面上的效果，如图 10.93 所示。最后将文件保存即可。

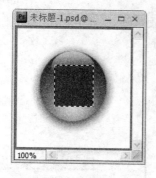

图 10.90

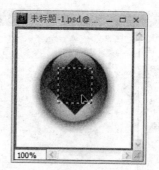

图 10.91

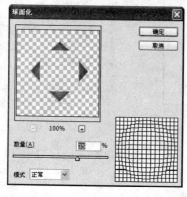

图 10.92

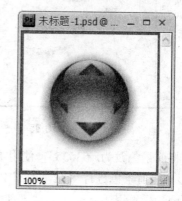

图 10.93

10.2.5 案例小结

本案例主要通过制作几种网页按钮，巩固前面所学知识，得到对知识的深化。

附录　Photoshop CS4 快捷键

工具箱中工具的快捷键

矩形、椭圆选框工具 ——【M】

移动工具——【V】

套索、多边形套索、磁性套索——【L】

魔棒工具——【W】

裁剪工具——【C】

切片工具、切片选择工具——【K】

喷枪工具——【J】

画笔工具、铅笔工具——【B】

像皮图章、图案图章——【S】

历史画笔工具、艺术历史画笔——【Y】

像皮擦、背景擦除、魔术像皮擦——【E】

渐变工具、油漆桶工具——【G】

模糊、锐化、涂抹工具——【R】

减淡、加深、海棉工具——【O】

路径选择工具、直接选取工具——【A】

文字工具——【T】

钢笔、自由钢笔——【P】

矩形、圆边矩形、椭圆、多边形、直线——【U】

写字板、声音注释——【N】

吸管、颜色取样器、度量工具——【I】

抓手工具——【H】

缩放工具——【Z】

工具箱(多种工具共用一个快捷键的可同时按【Shift】加此快捷键选取)

默认前景色和背景色——【D】

切换前景色和背景色——【X】

切换标准模式和快速蒙板模式——【Q】

标准屏幕模式、带有菜单栏的全屏模式、全屏模式——【F】

临时转为移动工具(除 ✋ 或其他钢笔工具被使用时以外)——【Ctrl】+其它工具

临时转为吸色工具——【Alt】+ ✏ (✏ ✏ ▦ ◔)

增大画笔和减小画笔大小——【]】或【[】

文件操作快捷键

新建图形文件——【Ctrl】+【N】

打开已有的图像——【Ctrl】+【O】

打开为... ——【Ctrl】+【Alt】+【O】

关闭当前图像——【Ctrl】+【W】

保存当前图像——【Ctrl】+【S】

另存为... ——【Ctrl】+【Shift】+【S】

存储为网页用图形——【Ctrl】+【Alt】+【Shift】+【S】

页面设置——【Ctrl】+【Shift】+【P】

打印预览——【Ctrl】+【Alt】+【P】

打印——【Ctrl】+【P】

退出 Photoshop ——【Ctrl】+【Q】

编辑操作快捷键

还原/重做前一步操作——【Ctrl】+【Z】

向前还原—— 【Ctrl】+【Alt】+【Z】

向后重做—— 【Ctrl】+【Shift】+【Z】

淡入/淡出——【Ctrl】+【Shift】+【F】

剪切选取的图像或路径——【Ctrl】+【X】或【F2】

拷贝选取的图像或路径——【Ctrl】+【C】

合并拷贝——【Ctrl】+【Shift】+【C】

将剪贴板的内容粘到当前图形中——【Ctrl】+【V】或【F4】

将剪贴板的内容粘到选框中——【Ctrl】+【Shift】+【V】

自由变换——【Ctrl】+【T】

应用自由变换(在自由变换模式下) ——【Enter】

从中心或对称点开始变换 (在自由变换模式下) ——【Alt】

限制(在自由变换模式下) ——【Shift】

扭曲(在自由变换模式下) ——【Ctrl】

取消变形(在自由变换模式下) ——【Esc】

再次变换——【Ctrl】+【Shift】+【T】

再次变换复制的象素数据并建立一个副本——【Ctrl】+【Shift】+【Alt】+【T】

删除选框中的图案或选取的路径——【DEL】

用背景色填充所选区域或整个图层——【Ctrl】+【BackSpace】或【Ctrl】+【Del】

用前景色填充所选区域或整个图层——【Alt】+【BackSpace】或【Alt】+【Del】

弹出"填充"对话框——【Shift】+【BackSpace】

从历史记录中填充——【Alt】+【Ctrl】+【Backspace】

图像调整快捷键

调整色阶——【Ctrl】+【L】

自动调整色阶——【Ctrl】+【Shift】+【L】

自动调整对比度——【Ctrl】+【Alt】+【Shift】+【L】

打开曲线调整对话框——【Ctrl】+【M】

打开"色彩平衡"对话框——【Ctrl】+【B】

打开"色相/饱和度"对话框——【Ctrl】+【U】

去色——【Ctrl】+【Shift】+【U】

反相——【Ctrl】+【I】

画像大小——【Alt】+【Ctrl】+I

画布大小——【Alt】+【Ctrl】+C

图层操作快捷键

新建一个图层——【Ctrl】+【Shift】+【N】

建立一个新的图层(无对话框)——【Ctrl】+【Alt】+【Shift】+【N】

通过拷贝建立一个图层(无对话框)——【Ctrl】+【J】

从对话框建立一个通过拷贝的图层——【Ctrl】+【Alt】+【J】

通过剪切建立一个图层(无对话框)——【Ctrl】+【Shift】+【J】

从对话框建立一个通过剪切的图层——【Ctrl】+【Shift】+【Alt】+【J】

与前一图层编组——【Ctrl】+【G】

取消编组—— 【Ctrl】+【Shift】+【G】

将当前层下移一层——【Ctrl】+【[】

将当前层上移一层——【Ctrl】+【]】

将当前层移到最下面——【Ctrl】+【Shift】+【[】

将当前层移到最上面——【Ctrl】+【Shift】+【]】

激活下一个图层——【Alt】+【[】

激活上一个图层——【Alt】+【]】

激活底部图层——【Shift】+【Alt】+【[】

激活顶部图层——【Shift】+【Alt】+【]】

向下合并或合并联接图层——【Ctrl】+【E】

合并可见图层—— 【Ctrl】+【Shift】+【E】

复制当前图层——【Ctrl】+【Alt】+【Shift】+【E】

图层混合模式(可在图层面板中将混合模式反蓝色选中) ——【↑】/【↓】

选择操作快捷键

全部选取——【Ctrl】+【A】

取消选择——【Ctrl】+【D】

重新选择——【Ctrl】+【Shift】+【D】

羽化选择——【Ctrl】+【Alt】+【D】

反向选择——【Ctrl】+【Shift】+【I】

载入选区——【Ctrl】+点按图层、路径、通道面板中的缩约图

增加选区——【Shift】+选框工具

减少选区——【Alt】+选框工具

取选区的交集——【Shift】+【Alt】+选框工具

滤镜操作快捷键

按上次的参数再做一次上次的滤镜——【Ctrl】+【F】

重复上次所做的滤镜(打开上次滤镜对话框)——【Ctrl】+【Alt】+【F】

视图操作快捷键

校样颜色——【Ctrl】+【Y】

打开/关闭色域警告——【Ctrl】+【Shift】+【Y】

放大视图——【Ctrl】+【+】

缩小视图——【Ctrl】+【-】

按屏幕大小缩放——【Ctrl】+【0】

实际象素显示——【Ctrl】+【1】

向上卷动一屏——【PageUp】

向下卷动一屏——【PageDown】

向左卷动一屏——【Ctrl】+【PageUp】

向右卷动一屏——【Ctrl】+【PageDown】

向上卷动10个单位——【Shift】+【PageUp】

向下卷动10个单位——【Shift】+【PageDown】

向左卷动10个单位——【Shift】+【Ctrl】+【PageUp】

向右卷动10个单位——【Shift】+【Ctrl】+【PageDown】

将视图移到左上角——【Home】

将视图移到右下角——【End】

显示/隐藏选择区域——【Ctrl】+【H】

显示/隐藏路径——【Ctrl】+【Shift】+【H】

显示/隐藏标尺——【Ctrl】+【R】

显示/隐藏网格——【Ctrl】+【'】

显示/隐藏参考线——【Ctrl】+【;】

锁定参考线——【Ctrl】+【Alt】+【;】

窗口操作快捷键

显示/隐藏"画笔"面板——【F5】

显示/隐藏"颜色"面板——【F6】

显示/隐藏"图层"面板——【F7】

显示/隐藏"信息"面板——【F8】

显示/隐藏"动作"面板——【Alt】+【F9】

显示/隐藏所有命令面板——【TAB】

显示或隐藏工具箱以外的所有调板——【Shift】+【TAB】

通道操作快捷键

选择 RGB 通道——　【Ctrl】+【2】

选择红色通道——【Ctrl】+【3】

选择绿色通道——【Ctrl】+【4】

选择蓝色通道——【Ctrl】+【5】

路径操作快捷键

从 转换为 ——【Ctrl】

经过锚点或方向点时将 转换为 ——【Alt】

参 考 文 献

[1] 龙腾科技. 中文版 Photoshop CS2 循序渐进教程[M]. 北京：科学出版社，2007.

[2] 王维. 平面设计 Photoshop CS2[M]. 上海：华东师范大学出版社，2007.

全国高职高专计算机、电子商务系列教材

序号	标准书号	书名	主编	定价(元)	出版日期
1	978-7-301-11522-0	ASP.NET 程序设计教程与实训(C#语言版)	方明清等	29.00	2009 年重印
2	978-7-301-10226-8	ASP 程序设计教程与实训	吴鹏，丁利群	27.00	2009 年第 6 次印刷
3	7-301-10265-8	C++程序设计教程与实训	严仲兴	22.00	2008 年重印
4	978-7-301-15476-2	C 语言程序设计(第 2 版)	刘迎春，王磊	32.00	2009 年出版
5	978-7-301-09770-0	C 语言程序设计教程	季昌武，苗专生	21.00	2008 年第 3 次印刷
6	978-7-301-16878-3	C 语言程序设计上机指导与同步训练(第 2 版)	刘迎春，陈静	30.00	2010 年出版
7	7-5038-4507-4	C 语言程序设计实用教程与实训	陈翠松	22.00	2008 年重印
8	978-7-301-10167-4	Delphi 程序设计教程与实训	穆红涛，黄晓敏	27.00	2007 年重印
9	978-7-301-10441-5	Flash MX 设计与开发教程与实训	刘力，朱红祥	22.00	2007 年重印
10	978-7-301-09645-1	Flash MX 设计与开发实训教程	栾蓉	18.00	2007 年重印
11	7-301-10165-1	Internet/Intranet 技术与应用操作教程与实训	闻红军，孙连军	24.00	2007 年重印
12	978-7-301-09598-0	Java 程序设计教程与实训	许文宪，董子建	23.00	2008 年第 4 次印刷
13	978-7-301-10200-8	PowerBuilder 实用教程与实训	张文学	29.00	2007 年重印
14	978-7-301-15533-2	SQL Server 数据库管理与开发教程与实训(第 2 版)	杜兆将	32.00	2010 年重印
15	7-301-10758-7	Visual Basic .NET 数据库开发	吴小松	24.00	2006 年出版
16	978-7-301-10445-9	Visual Basic .NET 程序设计教程与实训	王秀红，刘造新	28.00	2006 年重印
17	978-7-301-10440-8	Visual Basic 程序设计教程与实训	康丽军，武洪萍	28.00	2010 年第 4 次印刷
18	7-301-10879-6	Visual Basic 程序设计实用教程与实训	陈翠松，徐宝林	24.00	2009 年重印
19	978-7-301-09698-7	Visual C++ 6.0 程序设计教程与实训(第 2 版)	王丰，高光金	23.00	2009 年出版
20	978-7-301-10288-6	Web 程序设计与应用教程与实训(SQL Server 版)	温志雄	22.00	2007 年重印
21	978-7-301-09567-6	Windows 服务器维护与管理教程与实训	鞠光明，刘勇	30.00	2006 年重印
22	978-7-301-10414-9	办公自动化基础教程与实训	靳广斌	36.00	2010 年第 4 次印刷
23	978-7-301-09640-6	单片机实训教程	张迎辉，贡雪梅	25.00	2006 年重印
24	978-7-301-09713-7	单片机原理与应用教程	赵润林，张迎辉	24.00	2007 年重印
25	978-7-301-09496-9	电子商务概论	石道元等	22.00	2007 年第 3 次印刷
26	978-7-301-11632-6	电子商务实务	胡华江，余诗建	27.00	2008 年重印
27	978-7-301-10880-2	电子商务网站设计与管理	沈凤池	22.00	2008 年重印
28	978-7-301-10444-6	多媒体技术与应用教程与实训	周承芳，李华艳	32.00	2009 年第 5 次印刷
29	7-301-10168-6	汇编语言程序设计教程与实训	赵润林，范国渠	22.00	2005 年出版
30	7-301-10175-9	计算机操作系统原理教程与实训	周峰，周艳	22.00	2006 年重印
31	978-7-301-14671-2	计算机常用工具软件教程与实训(第 2 版)	范国渠，周敏	30.00	2010 年重印
32	7-301-10881-8	计算机电路基础教程与实训	刘辉珞，张秀国	20.00	2007 年重印
33	978-7-301-10225-1	计算机辅助设计教程与实训(AutoCAD 版)	袁太生，姚桂玲	28.00	2007 年重印
34	978-7-301-10887-1	计算机网络安全技术	王其良，高敬瑜	28.00	2008 年第 3 次印刷
35	978-7-301-10888-8	计算机网络基础与应用	阚晓初	29.00	2007 年重印
36	978-7-301-09587-4	计算机网络技术基础	杨瑞良	28.00	2007 年第 4 次印刷
37	978-7-301-10290-9	计算机网络技术基础教程与实训	桂海进，武俊生	28.00	2010 年第 6 次印刷
38	978-7-301-10291-6	计算机文化基础教程与实训(非计算机)	刘德仁，赵寅生	35.00	2007 年第 3 次印刷
39	978-7-301-09639-0	计算机应用基础教程(计算机专业)	梁旭庆，吴焱	27.00	2009 年第 3 次印刷
40	7-301-10889-3	计算机应用基础实训教程	梁旭庆，吴焱	24.00	2007 年重印刷
41	978-7-301-09505-8	计算机专业英语教程	樊晋宁，李莉	20.00	2009 年第 5 次印刷
42	978-7-301-15432-8	计算机组装与维护(第 2 版)	肖玉朝	26.00	2009 年出版
43	978-7-301-09535-5	计算机组装与维修教程与实训	周佩锋，王春红	25.00	2007 年第 3 次印刷
44	978-7-301-10458-3	交互式网页编程技术(ASP .NET)	牛立成	22.00	2007 年重印
45	978-7-301-09691-8	软件工程基础教程	刘文，朱飞雪	24.00	2007 年重印
46	978-7-301-10460-6	商业网页设计与制作	丁荣涛	35.00	2007 年重印
47	7-301-09527-9	数据库原理与应用(Visual FoxPro)	石道元，邵亮	22.00	2005 年出版
48	978-7-301-10289-3	数据库原理与应用教程(Visual FoxPro 版)	罗毅，邹存者	30.00	2010 年第 3 次印刷
49	978-7-301-09697-0	数据库原理与应用教程与实训(Access 版)	徐红，陈玉国	24.00	2006 年重印
50	978-7-301-10174-2	数据库原理与应用实训教程(Visual FoxPro 版)	罗毅，邹存者	23.00	2010 年第 3 次印刷
51	7-301-09495-7	数据通信原理及应用教程与实训	陈光军，陈增吉	25.00	2005 年出版
52	978-7-301-09592-8	图像处理技术教程与实训(Photoshop 版)	夏燕，姚志刚	28.00	2008 年第 4 次印刷
53	978-7-301-10461-3	图形图像处理技术	张枝军	30.00	2007 年重印
54	978-7-301-16877-6	网络安全基础教程与实训(第 2 版)	尹少平	30.00	2010 年出版
55	978-7-301-15086-3	网页设计与制作教程与实训(第 2 版)	于巧娥	30.00	2010 年出版
56	978-7-301-16706-9	网站规划建设与管理维护教程与实训(第 2 版)	王春红，徐洪祥	32.00	2010 年出版
57	7-301-09597-X	微机原理与接口技术	龚荣武	25.00	2007 年重印

序号	标准书号	书 名	主 编	定价(元)	出版日期
58	978-7-301-10439-2	微机原理与接口技术教程与实训	吕勇，徐雅娜	32.00	2010 年第 3 次印刷
59	978-7-301-15466-3	综合布线技术教程与实训(第 2 版)	刘省贤	36.00	2009 年出版
60	7-301-10412-X	组合数学	刘勇，刘祥生	16.00	2006 年出版
61	7-301-10176-7	Office 应用与职业办公技能训练教程(1CD)	马力	42.00	2006 年出版
62	978-7-301-12409-3	数据结构(C 语言版)	夏燕，张兴科	28.00	2007 年出版
63	978-7-301-12322-5	电子商务概论	于巧娥，王震	26.00	2010 年第 3 次印刷
64	978-7-301-12324-9	算法与数据结构(C++版)	徐超，康丽军	20.00	2007 年出版
65	978-7-301-12345-4	微型计算机组成原理教程与实训	刘辉珞	22.00	2007 年出版
66	978-7-301-12347-8	计算机应用基础案例教程	姜丹，万春旭，张飚	26.00	2007 年出版
67	978-7-301-12589-2	Flash 8.0 动画设计案例教程	伍福军，张珈瑞	29.00	2009 年重印
68	978-7-301-12346-1	电子商务案例教程	龚民	24.00	2010 年第 2 次印刷
69	978-7-301-09635-2	网络互联及路由器技术教程与实训(第 2 版)	宁芳露，杨旭东	27.00	2010 年重印
70	978-7-301-13119-0	Flash CS3 平面动画制作案例教程与实训	田启明	30.00	2008 年出版
71	978-7-301-12319-5	Linux 操作系统教程与实训	易著梁，邓志龙	32.00	2008 年出版
72	978-7-301-12474-1	电子商务原理	王震	34.00	2008 年出版
73	978-7-301-12325-6	网络维护与安全技术教程与实训	韩最蛟，李伟	32.00	2010 年重印
74	978-7-301-12344-7	电子商务物流基础与实务	邓之宏	38.00	2008 年出版
75	978-7-301-13315-6	SQL Server 2005 数据库基础及应用技术教程与实训	周奇	34.00	2010 年第 3 次印刷
76	978-7-301-13320-0	计算机硬件组装和评测及数码产品评测教程	周奇	36.00	2008 年出版
77	978-7-301-12320-1	网络营销基础与应用	张冠凤，李磊	28.00	2008 年出版
78	978-7-301-13321-7	数据库原理及应用(SQL Server 版)	武洪萍，马桂婷	30.00	2010 年重印
79	978-7-301-13319-4	C#程序设计基础教程与实训(1CD)	陈广	36.00	2010 年第 4 次印刷
80	978-7-301-13632-4	单片机 C 语言程序设计教程与实训	张秀国	25.00	2008 年出版
81	978-7-301-13641-6	计算机网络技术案例教程	赵艳玲	28.00	2008 年出版
82	978-7-301-13570-9	Java 程序设计案例教程	徐翠霞	33.00	2008 年出版
83	978-7-301-13997-4	Java 程序设计与应用开发案例教程	汪志达，刘新航	28.00	2008 年出版
84	978-7-301-13679-7	ASP .NET 动态网页设计案例教程(C#版)	冯涛，梅成才	30.00	2010 年重印
85	978-7-301-13663-8	数据库原理及应用案例教程(SQL Server 版)	胡锦丽	40.00	2008 年出版
86	978-7-301-13571-6	网站色彩与构图案例教程	唐一鹏	40.00	2008 年出版
87	978-7-301-13569-3	新编计算机应用基础案例教程	郭丽春，胡明霞	30.00	2009 年重印
88	978-7-301-14084-0	计算机网络安全案例教程	陈昶，杨艳春	30.00	2008 年出版
89	978-7-301-14423-7	C 语言程序设计案例教程	徐翠霞	30.00	2008 年出版
90	978-7-301-13743-7	Java 实用案例教程	张兴科	30.00	2010 年重印
91	978-7-301-14183-0	Java 程序设计基础	苏传芳	29.00	2008 年出版
92	978-7-301-14670-5	Photoshop CS3 图形图像处理案例教程	洪光，赵倬	32.00	2009 年出版
93	978-7-301-13675-1	Photoshop CS3 案例教程	张喜生等	35.00	2009 年重印
94	978-7-301-14473-2	CorelDRAW X4 实用教程与实训	张祝强等	35.00	2009 年出版
95	978-7-301-13568-6	Flash CS3 动画制作案例教程	俞欣，洪光	25.00	2009 年出版
96	978-7-301-14672-9	C#面向对象程序设计案例教程	陈向东	28.00	2009 年重印
97	978-7-301-14476-3	Windows Server 2003 维护与管理技能教程	王伟	29.00	2009 年出版
98	978-7-301-13472-0	网页设计案例教程	张兴科	30.00	2009 年出版
99	978-7-301-14463-3	数据结构案例教程(C 语言版)	徐翠霞	28.00	2009 年出版
100	978-7-301-14673-6	计算机组装与维护案例教程	谭宁	33.00	2009 年出版
101	978-7-301-14475-6	数据结构(C#语言描述)(含 1CD)	陈广	38.00	2009 年出版
102	978-7-301-15368-0	3ds max 三维动画设计技能教程	王艳芳，张景虹	28.00	2009 年出版
103	978-7-301-15462-5	SQL Server 数据库应用技能教程	俞立梅，吕树红	30.00	2009 年出版
104	978-7-301-15519-6	软件工程与项目管理案例教程	刘新航	28.00	2009 年出版
105	978-7-301-15588-2	SQL Server 2005 数据库原理与应用案例教程	李军	27.00	2009 年出版
106	978-7-301-15618-6	Visual Basic 2005 程序设计案例教程	靳广斌	33.00	2009 年出版
107	978-7-301-15626-1	办公自动化技能教程	连卫民，杨娜	28.00	2009 年出版
108	978-7-301-15669-8	Visual C++程序设计技能教程与实训：OOP、GUI 与 Web 开发	聂明	36.00	2009 年出版
109	978-7-301-15725-1	网页设计与制作案例教程	杨森香，聂志勇	34.00	2009 年出版
110	978-7-301-15617-9	PIC 系列单片机原理和开发应用技术	俞光昀，吴一锋	30.00	2009 年出版
111	978-7-301-16900-1	数据库原理及应用(SQL Server 2008 版)	马桂婷等	31.00	2010 年出版
112	978-7-301-16763-2	SQL Server 2005 数据库系统应用开发技能教程	王伟	28.00	2010 年出版
113	978-7-301-16935-3	C#程序设计项目教程	宋桂岭	26.00	2010 年出版
114	978-7-301-17021-2	计算机网络技术案例教程	黄金波，齐永才	28.00	2010 年出版
115	978-7-301-16736-6	Linux 系统管理与维护	王秀平	29.00	2010 年出版
116	978-7-301-17091-5	网页设计与制作综合实例教程	姜春莲	38.00	2010 年出版
117	978-7-301-17175-2	网站建设与管理案例教程	徐洪祥	28.00	2010 年出版
118	978-7-301-17136-3	Photoshop 案例教程	沈道云	25.00	2010 年出版

电子书(PDF 版)、电子课件和相关教学资源下载地址：http://www.pup6.com/ebook.htm，欢迎下载。
欢迎访问立体教材建设网站：http://blog.pup6.com。
欢迎免费索取样书，请填写并通过 E-mail 提交教师调查表，下载地址：http://www.pup6.com/down/教师信息调查表 excel 版.xls，欢迎订购，欢迎投稿。
联系方式：010-62750667，liyanhong1999@126.com.，linzhangbo@126.com，欢迎来电来信。